做天下好诗集

Robert Frost

弗罗斯特 诗选

[美] 罗伯特·弗罗斯特 著

顾子欣 译

江苏凤凰文艺出版社

图书在版编目（CIP）数据

弗罗斯特诗选 /（美）罗伯特·弗罗斯特(Robert Frost) 著；顾子欣译. — 南京：江苏凤凰文艺出版社，2018.5（2022.5 重印）

书名原文: The works of Frost

ISBN 978-7-5594-1783-1

Ⅰ. ①弗… Ⅱ. ①罗… ②顾… Ⅲ. ①诗集－美国－现代 Ⅳ. ①I712.25

中国版本图书馆 CIP 数据核字(2018)第 051875 号

书　　　名	弗罗斯特诗选
著　　　者	（美）罗伯特·弗罗斯特
译　　　者	顾子欣
责 任 编 辑	于奎潮　孙　茜
出 版 发 行	江苏凤凰文艺出版社
出版社地址	南京市中央路 165 号，邮编：210009
出版社网址	http://www.jswenyi.com
印　　　刷	江苏凤凰新华印务集团有限公司
开　　　本	890 毫米×1240 毫米　1/32
印　　　张	8.375
字　　　数	120 千字
版　　　次	2018 年 5 月第 1 版
印　　　次	2022 年 5 月第 2 次印刷
标 准 书 号	ISBN 978-7-5594-1783-1
定　　　价	48.00 元

（江苏文艺版图书凡印刷、装订错误可随时向承印厂调换）

弗罗斯特像
绘画 陈雨 | 图片由《塔社》阿非工作室提供

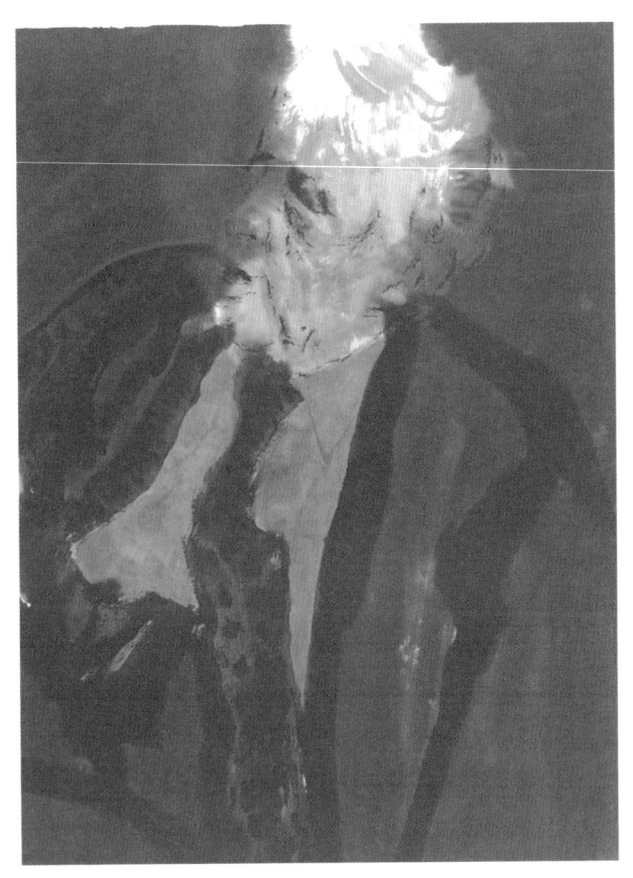

弗罗斯特像
绘画 陈雨 | 图片由《塔社》阿菲工作室提供

田园的迁徙（诗代序）

我试图将一片田园迁徙,连同
它的牧场,硬木林,山中的鸟啼
用无声的键盘,我的搬运工具
在多雾之日,或当树弯曲在风中

我要跟着你割草后把草都晒干
把苹果装进窖,小心别把皮碰破
或雪夜林边,看远处灯火闪烁
将雪花,马车的铃声,一齐搬迁

飘洋过海后,你仍将继续思考
世界终将毁灭于仇恨的冰雪
或欲望之大火?答案有谁知晓?

在迁徙途中,我难免有所遗失
你明白有多少障碍需要逾越
唯愿游人心怡,当漫步田园时

译　者
2016 年 3 月 6 日

牧　场

我要去清理牧场的水泉；
我只停下来把落叶耙干净
（也许会等着看泉水变清）：
我不会去很久。——你跟我来吧。

我要去把小牛犊带回来，
它站在它母亲身边。它太小，
母牛用舌头一舔它，它晃摇。
我不会去很久。——你跟我来吧。

　　弗罗斯特常把这首诗作为他的《自选诗集》和《诗合集》的卷首诗，故它被视作弗罗斯特风格的象征；后各种选本也都将它列为卷首。本诗选亦从其例。——译者

目 录

001　田园的迁徙（诗代序）
001　牧场

少年的意志

003　进入自我
004　我的十一月来客
006　晚秋漫步
007　群星
008　致解冻的风
009　春天的祈祷
010　采集花朵
011　等待
013　在山谷里
015　被忽略
016　制高点
017　割草
018　取水
020　展现

021　现在把窗关上

022　在硬木林里

023　十月

024　我的蝴蝶

波士顿以北

029　修墙

031　摘苹果之后

033　木柴堆

035　美好的时刻

山间空地

039　未选择的路

041　一个老人的冬夜

043　一块残雪

044　相遇而过

045　雨蛙溪

046　约束与自由

048　灶头鸟

049　要谈话另找时间

050　苹果收获时节的母牛

051　邂逅

053　射程测定

054　一个女孩的菜园

057　被锁在屋外

058　蓝鸟告别的话

059　"熄了，熄了——"

061　那消失的红种人

063　树木的声音

新罕布什尔

067　蓝色的碎片

068　火与冰

069　在废弃的墓地

070　雪粉

071　致 E. T.

073　金色的东西难以长留

074　逃跑

075　目的是唱歌

076　雪夜林边逗留

077　有一次，然后，有一种东西

078　蓝蝴蝶日

079　向着大地

081　两个看两个

083　冬天日落时寻鸟

085　无垠的片刻

086　收集树叶

088　山谷的歌唱日

089　一棵倒在路上的树

090　要熟悉乡间的事情

西流溪

095　春潭

096　玫瑰家族

097　花园里的流萤

098　气氛

099　忠诚

100　织茧

101　有一次在太平洋边

102　一只小鸟

103　丧偶

104　窗边的树

105　和平的牧羊人

106　茅草屋顶

108　冬天的伊甸园

110　洪水

111　熟悉黑夜

112　沙丘

113　大犬星座

114　移民

115　最后一次割草

116　出生地

117　黑暗中的门

118　一满抱东西

119　五十岁感言

120　熊

更远的领域

125　小丘的土拨鼠

127　赋于大暴雨来临时

129　家门口的人影

130　伍德沃德游乐园

132　迷失于天庭

133　荒漠之地

134　叶与花的比较

136　脚踩落叶者

137　它们这样相信也不妨

138　强者什么也不说

139　月亮罗盘

140　既不远也不深

141　设计

142　一只在睡眠中歌唱的鸟

143　雪后

144　未被收获

145　有些严酷的地区

146　要及早准备好

148　预防

149　生命的跨度

150　莱特的双翼飞机

151　消灭不良倾向

152　没完全找到

153　富豪的博弈

154　傍晚的彩虹

见证树

159　山毛榉

160　丝绸帐篷

161　幸福以高度弥补其缺少的长度

163　请进

165　我可以把一切交给时间

166　幸福须及时

168　最多是这样

169　鸟儿的歌声将不再与过去一样

170　定要找回家

171　云影

172　寻找带紫边的花

174　彻底的奉献

175　三层铜墙

176　我们立足在这星球上

177　致在冬天看到的一只飞蛾

179　在一首诗里

180　对败狗的同情

181　问题

182　不论智慧来自何处

183　秘密安坐着

184　平衡器

185　保险

绒毛绣线菊

- 189 年轻的白桦树
- 190 有所期待
- 192 后退一步
- 193 过于为河流担忧
- 195 致古人
- 197 夜晚的光亮
- 198 当我陷入困境
- 199 虚张声势
- 200 确认所有发生的事情
- 201 在漫漫长夜里
- 202 心不在焉
- 203 对上帝的畏惧
- 204 对人的畏惧
- 205 房屋的尖顶
- 206 创新的勇气
- 207 在途中
- 208 关于天空的比喻
- 210 怀疑论者
- 211 乡村舞蹈队
- 212 受崇拜有感
- 213 人云亦云
- 214 稀释
- 215 爆炸的狂喜
- 216 暂停的干旱

林中空地

- 219 离去
- 221 永远关闭
- 223 永不逃避
- 224 为肯尼迪总统就职典礼而作
- 228 从来没有虚无
- 230 结局
- 231 希望受到威胁
- 232 疑问的面孔
- 233 被踩者的抗议
- 234 赋于获得巨大成功前夜而感沮丧之时
- 235 又及
- 237 某种科幻小说
- 239 当选佛蒙特诗人有感
- 240 我们徒然搏斗……
- 241 要接受……
- 242 冬日里我独自……

- 243 **译后记**

少年的意志

1913年

进入自我

我有个愿望,愿那些黝黑的树,
它们苍然挺立,连风也难吹入,
并非仅看似一些阴郁的面具,
而是在延伸,向着灭亡的边际。

到了某一天,当我将悄然隐藏,
进入它们的浩瀚,也将不受阻挡,
不怕将不断发现空旷的土地,
或公路上缓缓车轮流淌着沙粒。

我不认为我应该转身再回返,
也不知他们为何正将我思念,
欲知我是否仍爱着他们,不沿着
我走过的路程,前来赶上我?

他们将发现我没变还是那个人——
只是对曾思考的一切更加深信。

我的十一月来客

我的忧伤,当她与我在一起,
　　以为这日子虽秋雨淋淋,
虽很阴暗,却也很美丽;
她爱光秃的树木落叶满地;
　　她漫步在牧场泥泞的小径。

她快乐,也不让我停息。
　　她说个没完,我也愿意听:
她高兴,因鸟都已飞去,
她高兴,因她那件灰毛衣
　　在浓雾里变得白如银。

那些树木寂寞又凄凉,
　　灰暗的大地,阴沉的天空,
在她眼里却是美丽的风光,
她以为我对此两眼昏茫,
　　问我为什么没看懂。

其实我爱十一月的苍凉,
　　我对它的美早有领会,

当初雪还未开始飞扬,
但何必把这话对她讲,
　因她的礼赞秋色更嫣美。

晚秋漫步

当我漫步穿过收割后的田野,
　只见再生的草茬一片茫茫,
它宁静地躺着,像带露的茅屋,
　通向花园的路也已荒凉。

当我沿着小径走进花园,
　听见枯草断蓬丛间
传来一阵阵凄清的鸟鸣,
　比任何哀歌动人心弦。

花园墙边有一棵光秃的树,
　弥留的孤叶早已枯黄,
它准是被我的意念所惊扰,
　轻轻飘落发出窸窣声响。

我没有在花园里走得很远,
　我从残花败叶里面
采来一束淡蓝色的翠菊,
　把它重新向你奉献。

群　星

多得数不清啊，它们聚集
　　在暴雪肆虐的上方，
雪花纷扬，如高大的树林，
　　当冬日里寒风吹响！——

仿佛是关注我们的命运，
　　看着我们踉跄前行，
向一个白色的栖所走去，
　　到黎明时却又消隐——

其实它们既无爱，也无恨，
　　那些星星们视而不见，
就像是雪白的密涅瓦脸上①
　　雪白的大理石的双眼。

---

① 密涅瓦，Minerva，罗马神话中的智慧女神，这里指其雕像。

致解冻的风

带着雨来吧,哦,嘹亮的西南风!
带来歌手,带来筑巢的鸟们;
给埋葬的花一个梦想;
让热气蒸腾在冻结的雪岸上;
去白色下面寻找棕色;
无论你今夜做什么,
要清洗我的窗户,让它流淌,
将它融化,当冰也将消亡;
将玻璃融化,只把窗框留下,
就像隐士的十字架;
闯进我狭窄的书房,
随你把墙上的画乱晃;
把书页翻得唰唰响;
把诗稿都吹撒在地;
把诗人也赶到门外去。

春天的祈祷

啊,在今天的花中给我们欢喜,
让我们别想那么远,别考虑
收成将如何;而只享受着眼前,
享受一年之中美好的春天。

啊,雪白的苹果园多令人陶醉,
白天无可比拟,夜晚如鬼魅;
让快乐的蜜蜂给我们以欢笑,
它们围着秀树林嗡嗡地飞绕。

那疾飞的鸟也使我们销魂,
它突然在蜂群上响起了歌声,
它喙如针尖,忽似流星闪现,
忽静立空中,在一朵花上面。

这才是爱,其他一切都不是,
而这份爱注定只能给上帝,
为他设置的神圣遥远的目标,
但这爱靠我们努力才能得到。

采集花朵

我在清晨离开了你,
在清晨的霞光里,
你向我身边的路走去,
使我因别离而悲痛。
你还认识黄昏里的我,
流浪中一身灰尘满脸憔悴?
你无言是因不认识我,
还是因认识而沉默?

随我怎么想? 你怎么不问一问,
那些曾经娇艳的残花
能把我从你身边带走
只为一日的永恒?
她们是你的,由你来衡量
珍藏她们对你的价值,
来衡量这刹时片刻,
在片刻中我的离别多漫长。

等　待
——黄昏时在农田里

那是怎样的梦境啊，当我幽灵般
走动在匆匆堆起的高高草垛间，
独自走进收割后的农田，
劳动者的声音刚从这里消失，
在落霞夕照和满月初升的
交替中，我坐下了，
在朝向满月的第一个草垛边，
在无数同样的草垛间隐没。

我梦见明暗相斗的时刻，
阴影被阻止，月亮终于取胜；
梦见夜鹰布满天空，
相互环绕着发出神秘的叫声，
或在远处俯冲下来，伴着一声尖叫；
梦见蝙蝠做着无声的怪动作，
它似乎认出了我的秘密藏身处，
却又丢失了，当它跳着脚尖舞，
又赶紧盲目地不停地搜索；
梦见最后一只燕子飞过；一种刺耳的虫声
来自我背后芬芳萧瑟的幽谷，

因我的出现而沉寂了,但过了
一会儿,它又弹起它的琴,
一次,两次,三次,看我还在不在;
也梦见那本读旧了的古老金曲集,
我带来不为读它,只捧在手中,
在枯草的芳香里它又显清新;
梦见我最怀念的不在眼前的人,
这些诗行是为她的,为迎来她的目光。

在山谷里

在我幼年时，我们住在山谷里，
  在多雾的沼泽旁，它整夜有声响，
我多么熟悉那些苍白的少女，
她们拖着长长的裙裾走去，
  穿过芦苇丛，向有灯的窗。

在这沼泽里，各种花在开放，
  每种花有自己的容貌，
自己的声音，外面幽暗无光，
声音穿过寂静，来到我房间里。
  她们能各自把位置找到，

她们每夜来时，都带着雾；
  捎来的消息，多得说不尽，
还有许多话要向你倾诉，
你也愿意听，因为你孤独，
  直听到星星们将消隐，

在最后一颗星，它带着露水，
  尚未回到它的出发地——
在那里，鸟儿尚未起飞，

在那里，花儿尚无花蕾，
　　在那里，鸟和花曾为一体。

就这样我了解了各种秘密：
　　为什么花有芳香，鸟会歌唱。
只要你来问我，我会告诉你。
不，我没白白住在山谷里，
　　也没白白聆听，在整个晚上。

被忽略

他们离开了,把我们留在路上,
　好像为证明我们误入歧途,
我们便坐在一角,在这路旁,
像个游民或天使,调皮地张望,
　看能不感到被抛弃和孤独。

制高点

我又去找人类,当我对树木厌倦,
　我知道该去哪儿——在黎明时分,
　在一山坡上,草地上牧放着牛群,
一株倾斜的垂首的松树将我遮掩,
没人能看见我,而我却能看得很远,
　我看到在家园对面,在远处,
　山上排列着白色的人的坟墓,
无论生者或死者,齐在我心头浮现。

到了正午,如果我对它们看够了,
　我只消转过身去,啊,你看,
　那晒着太阳的山坡照亮我的脸,
我的呼吸如微风,将矢车菊轻摇,
　我闻着土地,我闻着受伤的植物,
　我对着一个蚁穴,久久注目。

割　草

林边一片寂静，只有一个声音，
那是我的长镰刀与大地在低语。
它在低语什么呢？ 我也不很清楚；
也许是关于太阳怎么这样热，
也许是关于周围怎么这样静——
因而它只是低语，而不大声说。
这不是闲暇时光赠予的梦，
或从精灵手上巧取的黄金：
任何超现实的东西都显得太轻微，
不如用真诚的爱把牧场梳理成行，
会割掉一些花带着柔嫩的花穗，
（淡色的兰花），会吓走闪亮的青蛇。
真实是劳动熟知的最甜蜜的梦，
我的长镰刀边低语边留下草成堆。

取 水

家门边的井水已经干涸,
　我们便带上水桶和水罐,
穿过屋后的那片田野,
　去找小溪看它干没干。

很高兴有个理由跑出去,
　因秋天的夜色多迷人
(虽然冷),因田野是我们的,
　因小溪边有我们的树林。

我们奔跑着像去迎接月亮,
　它正从树后缓缓上升,
光秃的树丛树叶已落尽,
　没有鸟,也没有一丝风。

但一走进林中,我们就停下来,
　像妖魔把我们在月下掩藏,
但月亮很快就找到了我们,
　我们笑着又躲到别的地方。

互相拍下手,示意停一停,
　　我们不敢看,先去侧耳听,
在我们共同创造的寂静里;
　　我们听见了溪水的声音。

像一个音符,从一处传来,
　　一条纤细的叮咚的水链
落下来,变成水滴漂在潭上,
　　如珍珠,又如一把银剑。

展　现

我们将自己在远处躲藏，
　　以免受到轻蔑嘲笑，
但是啊，心在激烈跳荡，
　　有人会把我们找到。

可惜会出现这样的情况
　　（姑且这么说）我们自己
终于不得不说出真相，
　　为朋友理解，为情谊。

其实凡事皆如此，从孩子
　　与上帝捉迷藏做游戏，
无论谁藏得多远，多隐秘，
　　最终须说出他的踪迹。

现在把窗关上

现在把窗关上,让田野别出声:
　　树想摇就摇,但要静静地;
现在没鸟在歌唱,如果有,
　　那是我的损失。

要过很长时间沼泽再复苏,
　　要过很长时间再有最早的鸟鸣:
那么把窗关上,别去听风声,
　　只看风的搅动。

在硬木林里

同样的树叶在飘啊飘!
从原来的绿荫高处往下飘,
终变成一种褐色的肌肤,
像给大地戴上的皮手套。

在树叶再攀高上升之前,
再树木成荫叶满枝头,
它们得往下去经过生长的事物。
它们得往下去进入黑暗与腐朽。

它们必须被花朵顶穿,
在飞花脚下再受蹂躏。
尽管这事发生在另一个世界,
但我知道这也是我们的途径。

十 月

哦,静寂而温柔的十月清晨,
你的叶子已成熟即将飘零;
如果明天刮起了狂风,
它们将被吹落净尽。
乌鸦在霜天阵阵啼叫,
明天它们将结队飞离。
哦,静寂而温柔的十月清晨,
让时光走得缓慢些。
让日子别显得那么短促。
我们的心宁愿被欺骗,
就用你的方式骗骗我们。
在黎明时撒下一片叶子,
到中午再撒一片;
一片从我们树上,一片在远方,
让轻雾把太阳的脚步放慢;
让大地为紫水晶陶醉。
放慢些,放慢些!
哪怕只是为葡萄的缘故,
它们的叶子已被寒霜所燃,
它们的累累果实不然会失掉——
哪怕只是为沿墙的葡萄。

我的蝴蝶

你爱恋的娇花也已死去,
还有他,那时常威胁、恐吓你的
疯狂的太阳,也已逃离或死去:
只留下我
(这并不让你悲伤!)——
只留下我,
再无人在田野里为你哀悼。

稀疏的荒草上铺着斑斑雪花;
河流的两岸还没有封闭;
但这是在很久之前——
似乎超越永恒——
当我第一次见你掠过,
与你色彩斑斓的同伴们一起,
在空中嬉戏,
仓促求爱,
不断地翻转飘荡,相互纠缠,
像仙女舞蹈时戴的玫瑰花环。

在那时,我的薄雾似的
惋惜,并未笼罩大地,

我为你感到高兴,
也为我自己。

那时你蹒跚漫游在空中,不知道
命运让你无忧地扇着巨翅,
是为了给风快乐,
我那时也不知道。

另外还发生了其他的事:
上帝让你从他温柔的掌握中飞脱,
似乎又怕你飞得离他太远,
他无法再将你收回,
便急促地粗暴地把你抓了回去。

啊! 我依然记得
当阴谋猖獗
曾如何与我作对——
我心情消沉,沉溺于美梦;
野草蔓生,使我思绪昏眩,
风吹来各种气味,
一朵宝石花在魔杖中飞扬!

然后当我心神错乱
说不出话,
一阵风来,从一旁轻率地
把什么东西吹到我脸上,

那不正是你彩色的带粉的翅膀!

我发现那翅膀今已破碎!
因你已死去,我这样说,
陌生的鸟们也这样说。
我是在屋檐下
在枯萎的树叶中找到了它。

波士顿以北

1914 年

修　墙

好像有什么东西不喜欢围墙,
它让墙基地冻上之后又膨胀,
让墙上的石头在日照中掉下来,
露出个豁口两个人能并排走。
猎人们干的又是另一回事:
他们在这儿那儿挖掉了石头,
我得跟着他们去修修补补,
他们要让野兔无处藏身,
逗猎犬吠叫。 但且说那豁口,
没人见也没听说它是怎么出现,
但在春天修墙时却发现了它。
于是我通知了山那边的邻居;
在约定的一天我们步量出界线,
在我们之间,墙又修了起来。
我们按划好的界线维持墙。
哪边的石头掉了归哪边管。
有些石头像面包,有些像皮球,
要让它们平衡,真得靠符咒:
　"呆着别动啊,等我们转过身!"
为搬弄它们我们手上长了茧。
唉,就当作一种户外游戏吧,

各守一边。 结果无非是这样:
我们在无需墙的地方修了道墙:
他那边种松树,我这边种苹果。
我的苹果树永远不会翻过墙,
去吃他树下的松果,我告诉他。
但他回答说:"墙好结佳邻。"
春天教我恶作剧,我想试试
能否给他脑子里装点新东西:
"为什么墙好结佳邻? 是因为
这儿养着牛吗? 但这儿没养牛。
在我修围墙之前,我想先问明白
我是要围进来呢还是围出去,
我会将谁冒犯,会把谁得罪,
好像有什么东西不喜欢围墙,
而愿它倒塌。"我想说是"精灵",
但其实也不尽然,我但愿
他自己这么说。 我看他在那儿,
每只手里紧抓着一块石头,
像石器时代手执武器的野人。
我仿佛见他在黑暗中移动,
不仅是在树林里,在树荫里。
他不愿违背他父亲的遗训,
他喜欢时常把它记在心里,
他又对我说:"墙好结佳邻。"

摘苹果之后

我的长梯的两端穿过树梢
插入寂静的天空,
梯子旁,有一个桶我还没
装满,也许还有两三个苹果
还没从树上摘下来。
但我摘苹果已经摘够了。
夜晚已有冬眠的气息,
苹果的香味:我昏昏欲睡。
今天早晨我从饮水槽里
捞起一片玻璃,我举着它①
从里面看到一个枯草的世界,
我没法抹去那奇异的景象。
它融化了,我一撒手,它摔碎了。
但在它掉下来
之前,我已将要入睡。
而且我知道
我将会有怎样的梦境。
放大的苹果将出现又消失,
苹果的梗端和花端,

---

① 此处的玻璃隐喻饮水槽水面上结的冰。

连每个褐斑都看得很分明。
我的脚拱不住地疼,
还承受着梯子横档的压力。
当树枝被压弯时我感到梯子在摇晃。
我不断听见一车车
苹果进入地窖箱时发出的
隆隆声。
我摘苹果真是
摘够了:丰收超过了我的
期望,让我厌倦了。
有千千万万个果子要抚摸,
要捧在手里,摘下来,不能让它掉了。
因为只要
一掉到地上,
那怕没碰伤或被残茬扎破,
就都只能送到果汁压榨堆去,
就像是成了废物。
人们能看出是什么将烦扰
我的睡眠,不管它是什么睡眠。
如果土拨鼠还没走,
它会说这睡眠是否像它的
长长的冬眠,如我描述的那样,
或只是人的睡眠。

木柴堆

有一个阴天我在冰冻的沼泽里走,
我停下说:"到此为止,往回走吧。
不,再走走——看会遇到什么。"
坚硬的雪使我步履维艰,我只能
一步步探路而行。 眼前唯见
一行行笔直的又高又瘦的树,
长得几乎都一样,很难用它们
标致或叫出这儿的地名,
因此我也说不清我究竟
身在何处:反正已离家很远。
一只小鸟在我前面飞。 它很谨慎,
落下时总与我隔着一棵树,
一声不响,不告诉我它是谁,
而我却痴呆地猜想它在想什么。
它可能在想我想要它的羽毛——
它尾巴上的那根白羽毛;就像有人
无论听到什么议论都以为在说他。
小鸟飞出小路就会醒悟的。
然后我看见一堆木柴,它让我
忘记了小鸟,它惴惴不安地
沿着我要走的路飞走了,

我其至没跟它道一声晚安。
它飞到柴堆后面又停了片刻。
这是一堆枫树柴,已劈好
码好——正好是 4 英尺 × 4 英尺 × 8 英尺①
我没见到周围有第二堆。
雪地上没有任何走近它的足迹。
显然它不是今年砍的树,
甚至也不是去年或前年砍的。
木柴已经发黑,树皮剥落,
整个柴堆已有点下陷。 铁线莲
的藤蔓缠绕着它像一个包裹。
支撑着它的,一边是一颗还在
生长的树,另一边是一个桩子,
已摇摇欲坠。 我想只有不断
有新活儿要干的人才会
忘了他这一用斧头
获取的劳动成果,
把它遗弃在这儿,远离火炉,
让它以腐朽之身,慢慢燃着无烟的
火焰,尽力温暖这冰冻的沼泽。

---

① 木柴堆的标准尺寸。

美好的时刻

我出外散步在冬天的夜晚——
我独自行走没人来交谈,
但我有这村舍排列成行,
雪地上闪烁着它们的目光。

我想我也有那屋中之人:
我仿佛听到了小提琴声;
我看见,透过窗帘的花边,
年轻的身影,年轻的脸。

有他们伴我在冬夜漫游。
我一直走到村舍的尽头。
我只好停步无奈折回,
却见窗户都一片漆黑。

我走在雪地上喊喳作响,
惊扰了朦胧入睡的村巷,
把你玷污了,真是对不起,
在十点钟,一个冬夜里。

山间空地

1916 年

未选择的路

黄色的树林里分出两条路，
可惜我不能同时去涉足，
我在那路口久久伫立，
我向着一条路极目望去，
直到它消失在丛林深处；

但我却选了另外一条路，
它荒草萋萋，十分幽寂，
显得更诱人，更美丽；
虽然在这两条小路上，
都很少留下旅人的足迹，

虽然那天清晨落叶满地，
两条路都未经脚印污染。
啊，留下一条路等改日再见！
但我知道路径延绵无尽头，
恐怕我难以再回返。

也许多少年后在某个地方，
我将轻声叹息把往事回顾：

一片树林里分出两条路，
而我走了人迹更少的一条，
因此决定了我迥异的旅途。

一个老人的冬夜

门外的一切在阴郁地向他窥望，
透过薄霜，宛如散布的星星，
凝结在这些空屋子的玻璃窗上。
他两眼昏蒙，目光被挡住了，
因为他在眼前斜举着一盏灯。
他想不起来他到这嘎嘎作响的
老屋来做什么，因为他老了。
他站在木桶之间——他不知所措。
他来时，地窖被他沉重的脚步声
惊动了，他走时，它又被那脚步声
所惊动——也惊动了外面的黑夜，
夜晚有它的声音，如树木的呼啸声
树枝的断裂声，这都习以为常，
但又像是在把一个箱子敲打。
他是一盏只为自己点燃的灯。
他坐下了，不知道该想什么好，
一盏平静的灯，但连这也将消失。
他把希望托付给月亮——就是那个
很晚升起的月亮——破碎的月亮，
但无论如何，月亮总比太阳好，
为了他屋顶上的雪不要融化，

为了他沿墙的冰柱别掉下来；
他睡着了。炉子里木柴的移动
引起了震荡，搅得他也动了动身子，
好让呼吸轻松点，但他一直睡着。
一个老人，一个人，管不了一座房子，
一个农庄，一个乡村，如果能，
也就像冬夜里这老人所做的那样。

一块残雪

在一个角落里有一块残雪，
　我看它好像一张纸，
它被风吹来，又被雨水
　打湿，而停留在此。

残雪上布满了斑斑污点，
　像印着密麻麻的字，
是被我遗忘的一天新闻——
　如果我读过这报纸。

相遇而过

当我沿着一道墙向山下走去,
我曾倚门眺望眼前的风景,
当我刚转身时,我先看到了你,
你正上山来。 我们相遇了。 但那天
我们所做的,只是把夏日尘土
里的脚印混合起来,仿佛把
我们俩画成一个数字,它比二少,
但比一多。 你的遮阳伞往地上
深深一戳,抹去了那个小数点。
当我们谈话时,你似乎总盯着尘土
里的什么地方看,还冲它微笑。
(哦,看来不是你对我有偏见!)
然后我走过在我们相遇之前你
走过的路,你走过我走过的路。

雨蛙溪

六月前我们的溪泉奔流欢唱。
之后再去找它时,人们却发现
它或在地下摸索,萦回流转
(带着整个雨蛙家族一路流淌,
一个月前它们曾在雾中叫喊,
如雪橇铃声如幽灵响彻在雪原)——
或在凤仙花丛中冒了出来,
它们柔弱的枝叶被风吹弯,
甚至成了溪水流动的障碍。
留下溪岸仿佛褪色的纸张,
是暑热中堆积起来的枯叶——
除在记忆中已无溪泉的模样。
人们所看到的可远远不如
在歌曲中所唱的泉水的景象。
但我们所爱的是事物的真相。

约束与自由

爱有大地,紧紧依附在大地上,
有山岭和环抱的手臂围绕着——
有重重围墙可将恐惧阻隔。
但思想没有这些,却也无妨,
因它有一对无所畏惧的翅膀。

凡是在爱留下痕迹的地方,
无论在雪地,在沙漠,或草坪,
我都见世界把它拥抱得很紧。
而这就是爱,爱也乐意这样。
但思想却要摆脱束缚要解放。

思想能从星际的黑暗中穿越,
能整夜地坐在天狼星上面,
直到白昼来临时才又飞返
带着每根羽毛被烧焦的气味,
途经太阳,又向大地回归。

它在天空的获取便是它自身。
但有人说爱正因为受约束,

正因其执着才拥有美的全部,
而思想却需经历遥远的途程,
才找到爱熔合在另一个星辰。

灶头鸟

有一个歌手人人听它唱过歌，
那是鸟在仲夏的林中高声啼唱，
它使挺拔的树干更加健壮。
它在说树叶枯老了，而春天
对花朵，比夏天要胜十倍。
它在说早开的花瓣已经凋谢，
当梨花和樱花也零落如雨，
晴朗的日子会骤然乌云笼罩；
然后到了落叶纷纷的秋天。
它在说公路上到处尘土飞扬。
它将不再歌唱，如别的鸟一样，
却知道这无声之中亦有声。
它在构思一个没有语言的问题：
该如何对待一个缩小的环境。

要谈话另找时间

当一位朋友从大路上向我呼唤,
当他放松缰绳缓马走过田边,
我没有停下手中的锄头,
去伫望那尚未翻耕的山田,
我也没有高声回答"什么事啊?"
不,要谈话另有时间。
我抡起锄头足有五英尺多高,
把它深深锄进这沃土良田,
我艰辛地前进;然后才向那石墙走去,
——去把我的朋友会见。

苹果收获时节的母牛

这头母牛近来有点太兴奋,
它把墙当作是一道敞开的门,
把筑墙的人都看作是傻瓜。
它脸上斑斑点点全是苹果渣,
嘴边流果汁。 尝过了水果的味道,
它鄙视牧场上将要枯萎的草。
它穿行在树间,被风刮落的苹果
在地上,或遭虫噬,或被扎破。
它咬了一口就走,它简直要飞翔。
它向着天空吼叫,站在小丘上。
而它的乳房在萎缩,奶水快耗光。

邂 逅

有一天，就是那种被叫作"要变脸"的天，
热气在慢慢蒸腾，太阳似乎也被
自己的热力消耗殆尽，
我半钻半爬地穿过一片
杉树沼泽地。 杉树油和植物的残屑
让我窒息，我浑身燥热，疲惫不堪，
悔不该没走那条我熟悉的路，
我停下来在一个河湾上休息，
用衣服作垫子当座位，
既然我周围没有什么可看的，
我就抬头仰望天空，却见在蓝天下
在我头顶上站着一棵复活的树，
一棵被砍倒又立起来的树——
一个没有树皮的幽灵。 他也停了下来，
仿佛生怕要踩着我似的。
我看到他两手的奇怪姿势——
手举到肩膀处，拽着几根黄色的线，
线里装着人与人的交流。
"你在这儿哪？"我说。 "还有你没到的地方吗？
你带着什么消息——如果你知道的话？
告诉我你要去哪儿——是蒙特里尔吗？

我吗？我哪儿也不去。
只偶尔会漫游离开老路，
顺便去把匙唇兰寻找。"①

---

① 匙唇兰，calypso，一种生长在北半球沼泽地的植物。

射程测定

战斗撕破了钻石织成的蜘蛛网,
又折断一枝花,在地上的鸟巢边,
在它玷污了一个人的胸膛之前。
花枝弯成两段,垂挂着,受了伤。
但成鸟仍飞来把它的幼雏探望。
一只蝴蝶失去了其落脚之地,
边飞翔边将它栖息的花朵寻觅,
后轻落花上,抓着花,扇着翅膀。
在空旷的高地牧场上,一夜之间,
在毛蕊花秆和那紧绷的电缆间,
又拉起一圈线,沾着银白的露水。
但它被抖干了,当子弹突然穿过。
蛰伏的蜘蛛跑来将飞虫捕获。
却什么也没发现,便沮丧地撤退。

一个女孩的菜园

我在村子里有一位邻居,
　　告诉我当一年春天来临,
她还是个在农场的女孩,
　　曾干过一件淘气的事情。

有一天她向她父亲请求,
　　给她一个小菜园,
种、管、收都由她来做,
　　父亲说:"就这么办。"

为了寻找这么一个角落,
　　父亲想起一块闲地,
有围墙,原来开过商店,
　　父亲说:"就在这里。"

他还说:"它可以成为你的
　　理想的女孩独家菜园,
让你有机会长点力气,
　　练练你的瘦削的双肩。"

不过这菜园不大,父亲说,

没法用犁来耕地；
所有的活她只好用手干，
　　但对此她并不在意。

她用手推车来运粪肥，
　　沿着一条路往前走；
但卸下这不雅观的货物，
　　她就赶紧往别处溜，

免得被路过的人看见。
　　后来她又要来了种子。
她说除了野草之外，
　　她什么都想种着试试。

看似一小山，每样有一点，
　　萝卜、莴笋、豌豆、马铃薯、
西红柿、甜菜、豆子、南瓜、玉米，
　　甚至还有一些果树。

可是，看着苹果树结了果子，
　　她曾经常常怀疑
这棵树真的是她的吗，
　　或至少将会是她的？

当一切终于有了结果，
　　她的收获是个大杂烩，

每样东西都有一点点,
　　但没有一样能成堆。

现在她还住在这村庄,
　　看村里的事件件畅通,
该干什么时就干什么,
　　她说:"这我都懂!

"就像我种菜园时那样……"
　　啊,她从不提出意见!
也从不会向同一个人,
　　把她这故事说上两遍。

被锁在屋外

讲给孩子听的

当我们在夜晚锁上屋子时,
我们往往把花也锁在了屋外,
给它们割断了窗内的灯光。
当我梦见有人在企图撬门,
他袖子上的纽扣蹭着门时,
花儿们在屋外,与小偷在一起。
其实谁也没有惊扰它们!
我们确曾在台阶上
发现了一枝折断的金莲花。
但也许该问责的正是我:
我常想起它可能就是我
当黄昏时坐着看早落的
月亮时把玩的那枝花。

蓝鸟告别的话
讲给孩子听的

当我出去时有一只乌鸦
用低沉的声音说:"啊,
我正要把你寻找,
喂,你可好?
我来是为了告诉你
让你转告莱斯莉,
她的那只小蓝鸟啊
让我给她捎句话,
昨天晚上刮起了北风,
星星们更加亮晶晶,
水槽上面也结冰了,
冻得他一个劲地咳嗽,
差点连尾巴也咳掉。
所以他不得不飞迁,
但他想跟她说再见,
让她一定要学乖,
每天要把红兜帽戴,
让她带上斧头去雪地,
去寻觅臭鼬的踪迹——
该要做什么就去做!
也许当春天又来临,
他将回来再唱起歌。"

"熄了，熄了——"

电锯在院中嘎嘎作响，乱吼乱叫，
弄得尘土飞扬，锯出炉子般长的木条，
当微风吹过，木条发出清香气味。
在那儿人们抬眼望去，可数见
五座山，连峰迭起，排列在
阳光下，一直到佛蒙特。
电锯一个劲地嘎嘎作响，乱吼乱叫，
时而锯得轻快些，时而却很吃力。
平安无事：一天快要结束了。
可以收工了，我真希望他们这么说，
为给那男孩半小时好让他高兴，
从工作中省出半小时对他有多珍贵。
他的姐姐穿着围裙站在他们旁边，
来告诉他们"吃晚饭了"。 听到这句话，
似乎为证明它也懂得晚饭的意思，
电锯向男孩的手扑了过去，或像是这样——
男孩也伸出手去。 不论怎样，双方
都没有拒绝这次相会。 但是那只手！
男孩的第一声喊叫是一声苦笑，
当他举起手转身面向他们，
半像是呼吁，半像是为了不让

生命流走。 但接着他明白了一切——
因为他已是懂事的大孩子,大男孩
干着成人的活儿,虽内心还是个孩子——
他知道这下子完了。 "别让他割掉我的手——
当医生来的时候,别让他,姐姐!"
好的。 但是手已经断了。
医生给他打了乙醚使他麻醉。
他躺着,嘴唇翕动着,呼出气。
然后——去摸他脉搏的人惊呆了。
谁也不相信。 他们听他的心脏。
微弱——更弱——停了——就此终结。
再也无能为力。 而他们,既然
并不是死者,便转身去做各自的事。

那消失的红种人

据说他是那个最后消失的红种人。
据说那位磨坊主曾发出笑声——
如你愿把那声音也称之为笑。
而他却不准许别人有笑的权利。
他突然面色严峻,仿佛是说,
"这与谁何干——我对此负责,
这与谁何干——在谷仓边瞎议论——
这不过是我做主把事儿给办了。"

你不能回到过去以他的角度看此事。
这已是难以追究的太久远的故事。
你必须在那时那地生活过。
你才不会简单地想分清在两个
种族间到底谁是肇事者。

当那红种人在磨坊周围窥探时,
他发出了惊讶的尖叫声,
望着那巨响的旋转的大磨石,
这让磨坊主从生理上觉得讨厌,
觉得他没权利发出这声音。

"喂,约翰,"他说,"你想看轮井吗?"

他把他带到一根颤动的橡木下,
让他看,透过地上的一个检修孔,
那湍急的水流,似疯狂的鱼群,
似无数鲑鱼鲟鱼拍打着鱼尾。
然后他关上了井门,门环发出
刺耳的声音盖过那一片喧声,
然后他独白走了上来——发出那笑声,
对一个拿着面粉口袋的人说了什么,
那拿着面粉口袋的人没听懂——在当时。
哦,是的,他的确让约翰看到了轮井。

树木的声音

我对树木感到惊奇。
为什么我们总能忍受
它们在我们屋舍边
不时发出的喧声,
而对别的喧哗却不能?
我们在白天受其折磨,
直到失去了时光的进度,
和欢乐中的安宁,
而学会了聆听的样子。
它们总是说要走了,
却从来未曾离开;
总说只为再长点见识,
再多点智慧,再老成些,
却又说要再留下来。
当我有时从窗户或门边
看着树木摇晃时,
我的脚蹭着地板,
我的头也向肩膀晃去。
我将出发去到某个地方,
我将做出鲁莽的选择,
当有一天它们又发出喧声,

又晃个不停，吓得
白云从它们头顶越过。
我将无言可说，
但我将离此而去①。

---

① 弗罗斯特旅居英国时曾长住在一英国诗人家，后得知美国将出版他的诗集，便决定返回美国。此诗比喻连树木都在催他离去。

新罕布什尔

1923 年

蓝色的碎片

为什么要创造这么多蓝色的碎片,
这儿小鸟展翅,那儿蝴蝶飞翔,
或一朵花,或一颗宝石,或眼睛明亮,
既然天空呈现的湛蓝绵延无边?

既然大地是大地,也许还不是天空——
虽然有智者说大地也包括上苍;
我们头顶的蓝在多么高的上方,
只能激励蓝色的渴望在我们心中。

火与冰

有人说世界将在大火中毁灭,
有人说将毁于冰雪。
根据我对欲望的体验,
我同意在大火中毁灭的意见。
但如果它必须毁灭两次,
那么根据我对仇恨的认识,
我要说,冰雪也很巨大,
为把世界毁掉,
有它也就足够了。

在废弃的墓地

生者来这儿穿过青草地,
来读山上墓石的碑文;
墓地吸引着生者来光临,
却再无死者前来这里。

碑上的诗文大意如斯:
"今天是生者来此逗留,
读罢碑文后转身就走,
明天却成死者永留于此。"

碑文对死亡十分有把握,
但有个现象它不能不注意,
似乎再没有死者来这里。
不知道人类究竟怕什么?

要回答墓碑们也很简单,
就告诉它们:人类不想死亡,
故从此永远再不会死亡。
我想它们会相信这谎言。

雪　粉

在一株铁杉树上
停着一只乌鸦,
它将树上的雪粉
向我身上抛洒。

我的心被这打动,
心情因此改变,
我不再充满悔恨
为度过的一天。

致 E. T. ①

我朦胧入睡，你的诗集打开着，
我读到一半时，它落在我的胸间，
就像墓地上雕塑的鸽子的翅膀，
它能否让我在梦中与你相见。

因某种延迟，我难再弥补我平生
失去的机会，让我当面称呼你，
先是名战士，然后是诗人，然后
是战士诗人，正如同你战死时。

咱们俩，兄弟，曾经有过默契，
在咱们之间可以无话不说——
但有一件事却从来未曾提及：
为胜利究竟赢取又失去了什么。

当你前去迎接炮火的拥抱，

---

① E. T.，指英国诗人爱德华·托马斯（Edward Thomas），他是弗罗斯特的好友，1917 年 4 月第一次世界大战时在阿拉斯战役中阵亡。

在维梅岭;当你倒下的那一天①,
战争似对你(不是我)已经结束了,
但如今它对你未结束,正相反。

它怎能结束,当我得知这消息,
敌军受重创,被驱过了莱茵河,
我能不将它告诉你,好让我
看到你将闻此而面露喜色?

---

① 维梅岭,Viny Ridge,法国北部山区,第一次世界大战时的著名战场。

金色的东西难以长留

大自然的初绿是金色,
但她最难保持这色泽。
她最早的叶子是花朵;
但转瞬之间却已飘落。
然后叶子才纷纷生长。
伊甸园由此陷入悲伤,
黎明也转瞬变为白昼。
金色的东西难以长留。

逃　跑

有一次当那年开始降下第一场雪，
我们在山间牧场停下问："谁的马驹？"
一匹摩根小马把一只前脚搭在墙上，
另一只脚卷缩在前胸。 他冲我们
点点头，喷了个响鼻。 然后逃走了。
从他逃去的地方传来隐约的雷声，
我们看见他，或以为看见他，模糊难辨，
如在雪片纷扬的帘幕上的一个阴影。
"我看这小家伙是因为怕雪。
他没经历过冬天。 对这小家伙来说，
这可不是好玩的。 所以他跑了。
我不知道他妈妈能否告诉他，'没事，
这只是天气。'他可能以为她不懂！
他妈妈在哪儿？ 不能让他独自在外面。"
现在他又回来了，随着得得马蹄声，
它两眼蒙着白雪，又攀上那墙，
尾巴上也是雪，除了竖起的短毛外。
他抖动着皮毛像是要抖掉苍蝇。
"不管是谁这么晚把他留在外面，
当别的马都已回到自己的马厩，
应让他快来把这马驹牵回家。"

目的是唱歌

在人类学会唱歌之前,
　　风不用谁教自己会唱,
它大声唱着在白天和夜晚,
　　在它碰到坎坷的地方。

人类告诉风它哪儿出了错,
　　说它发声的方法不对;
它吹得太用劲——目的是唱歌。
　　听啊——你应该这样吹!

他在嘴里吸上一口气,
　　向着北面久久憋住,
接着向南面继续运气,
　　然后按节拍把它吹出。

按节拍。要有音调和词,
　　而风只想它就是风——
只用气通过嘴唇和嗓子。
　　目的是唱歌——风应该懂。

雪夜林边逗留

我知道谁是这林子的主人。
尽管他的屋子远在村中；
他也看不见我在此逗留，
凝视这积满白雪的树林。

我的小马想必感到奇怪：
为何停在树林和冰封的湖边，
附近既看不到一间农舍，
又在一年中最黑暗的夜晚。

它轻轻地摇了一下佩铃，
探询是否出了什么差错。
林中毫无回响一片寂静，
只有微风习习雪花飘零。

这树林多么可爱、幽深，
但我必须履行我的诺言，
睡觉前还有许多路要走啊，
睡觉前还有许多路要赶。

有一次，然后，有一种东西

人们嘲笑我跪在井栏边，
总是因光的角度不对，永远
看不到井的深处，只见
从闪烁的水面反射的影像，
是我自己，在夏日的天空，如上帝，
从一圈蕨叶和团团白云中张望。
有一次，我把下巴贴在井栏上，
似在影像背后，透过影像，
看见一种白色的不确定的东西，
一种比深更深的东西——转瞬即逝。
水过来制止这过于清澈的水。
从蕨叶上落下一滴水，看，一片涟漪
摇撼了静卧在水底的一切，
把它弄脏了，抹去了。那白色是什么呢？
是真理？ 石英？ 有一次，然后，有一种东西。

蓝蝴蝶日

这是蓝蝴蝶日,这儿正是春天,
它们如天空的云片纷纷而降,
它们翅翼的蓝色是多么鲜艳,
胜似缤纷的百花,要赶紧开放。

是花朵在飞翔,但它们不歌唱:
现在它们已经从欲望中摆脱,
在风中合上翅膀,却紧抓不放
四月的泥泞中刚留下的车辙。

向着大地

用嘴唇接触的爱情，
我能承受那甜蜜；
但有一次它甜得太过分；
我似飘在空气里，

它的甜蜜透过我，
似一股气流——是麝香
从隐藏的嫩葡萄枝飘下
山来，在黄昏时光？

那些忍冬树的枝条
让我感到头疼和晕眩，
当采集它们时，露水
打湿了我的脚面。

我渴望甜蜜，越甜越好，
当我年轻时；
我渴望玫瑰花，
尽管它有刺。

而如今没有欢乐不含苦涩，

不被粉碎,带着苦痛、
倦怠和缺陷;
我渴望泪痕,

渴望过分的爱情
留下的回味,
那苦树皮和燃烧的
丁香留下的甜味。

我的手紧紧靠着它,
在野草和沙土上,
我赶紧把它移开,
当它发僵发疼受了伤。

但这伤痛还不够:
我渴望力量和沉重,
使我感受大地的粗暴,
以我的整个身心。

两个看两个

爱情和遗忘把他们一路带上去，
来到了一个高高的山坡上，
但夜晚已近，再无处可攀登。
他们只能停步到此为止了，
当想起回程，那条崎岖的路，
路上的巨石和豁口，晚上走不安全；
当他们被一道带铁丝网的坍塌的
围墙挡住了去路。他们面对墙
站了一会儿，虽仍有前行的冲动，
但只得向前方投去最后的一瞥，
在这危险的路上，如有石头或
泥石流在夜晚移动，那是自己在动；
没脚来动它。"到此为止，"他们叹气说，
"晚安树林。"但是不，事情还没完。
一头母鹿绕过云杉来站着看他们，
隔着那道墙，与他们离墙一样近。
她和他们看对方在各自的范围里。
在她迷茫的眼中，似难以看清
静止的东西，如裂成两半的倒立的
园石：他们没见那眼中有恐惧。
她似乎在想，他们这样是安全的。

然后,她觉得他们虽然有点怪,
但她不愿意为此再多伤脑筋,
便叹口气,毫不惊慌地沿墙走了。
"这算结束了。还会有什么呢?"
但是没结束;一声喷鼻声叫他们停停。
一头公鹿绕过云杉来站着看他们,
隔着那道墙,和他们离墙一样近。
是一头长着犄角的雄壮的公鹿,
不是那头母鹿又回到了原地。
他昂着头好奇地打量着他们,
好像在问,"你们干吗一动不动?
或给点生命的迹象? 你们不能。
你们看着像活物,但是我怀疑。"
就这样,他让他们觉得他们
可以向他伸过手去——打破这符咒。
然后他也毫不惊慌地沿墙走了。
两个看到了两个,无论从何角度说。
"这肯定结束了。"是的。但他们仍站着,
一股巨流因此涌上他们全身,
仿佛大地以某种出其不意的
恩惠,回报了他们对大地的爱。

冬天日落时寻鸟

西天正脱去夕照的金晖,
空气也因寒冷而窒息,
当我回家时走在雪地上,
似见一只鸟寻枝来栖。

夏天时当我经过这里,
我曾经停下来抬头仰望;
一只鸟曾如天使一般,
在这里轻快甜美地歌唱。

但如今已无鸟在此唱歌。
树上只残留着一张叶片,
其他再无可看的景象,
尽管我绕着树走了两遍。

从我所在的这座山上,
我断定这水晶似的严寒,
无非就是雪上加霜,
如在金上镀金不显眼。

似有笔画出弯曲的弧线，
它既不是烟也不是云，
从北向南在蓝色中划过；
一颗小星穿越于空中。

无垠的片刻

他在风中停下来——那是什么
在枫树林中,苍白的,但非幽灵?
他站在那儿,理智告诉他这只是
三月,但是他什么都愿意相信。

"啊,是鲜花盛开的天堂,"我说;
确实,鲜花有理由在此时开放,
如果我们能想象在三月里会看到
五月奢丽的白色,稀有的景象。

我们站了片刻,在奇异的世界里,
我在寻找理由将自己欺骗;
然后我说了实情(我们又前行)。
年轻的白桦树挂着去年的叶片。

收集树叶

用铲子收集树叶
并不比用汤勺好,
装满树叶的口袋
不比气球重多少。

我整天忙个不停
弄得窸窣乱响,
就像野兔和麋鹿
正在纷纷逃亡。

但我堆成的小山
却不肯与我拥抱,
它们飞过我的双臂,
或在我的脸上飘。

我装树叶又卸树叶,
干了一遍又一遍,
但我得到了什么,
当我把棚屋装满?

论重量微不足道；
论颜色也不好看，
因为与土地接触，
那色泽早已暗淡。

而且又毫无用处。
但这也算是收获，
谁能说应在何地
从此便停止收获？

山谷的歌唱日

那外门的关门声是唯有的声音。
当你走过时草地上寂静无声,
你从那门边走来,而那门不远;
但你唤醒了晨星下第一声
鸟啼,而它又把所有的鸟唤醒。
不然它还能稍多睡一会儿。
可黎明意志坚定,开始以其
纤细的光芒穿越一片云层,
向下界窥视,揭露万千景色,
放出被压抑了一夜的音乐。
但黎明起始尚未露珍珠光泽
(时光太早雨滴尚未显珍珠色,
而在阳光下将如无数钻石),
一天的歌唱也并非自动开始。
是你启动了它,如需要证据——
在淅沥的屋檐下我尚在梦乡里,
我的窗帘被打湿挂在窗台上;
但我将醒来证实你的故事;
我愿意来说,并愿帮你来说,
有一天是你开始了山谷的歌唱日。

一棵倒在路上的树

风暴将一棵树摧折,把它刮倒
在我们前面,但它这样做并非为
阻止我们去实现旅程的目标,
而只是让我们问问自己是谁,

为何不折不挠地一路趱行。
它要我们在跑道上停留片刻,
两脚踩在雪里,雪有一英寸深,
争论没有斧头我们能做什么。

但它知道这阻挠只是枉然:
我们不会放弃我们的目的地,
我们一直将其暗藏在心间,
或许我们不得不紧撑着地,

用一根竿子,与其在原地转圈,
不如直接跃过去,穿越空间。

要熟悉乡间的事情

那房子曾遭火灾,曾又为午夜的
天空带来一抹夕照的余晖。
整座房子现在只烟囱仍立着,
宛如花瓣落尽之后的花蕊。

与房隔路相望有一个仓库,
如风向那边吹,它也定
与房子一起烧尽,但现仍
留在那,顶着遗弃的地名。

它不会再打开门来,迎接
那从石路上前来的车队,
地板上响起匆匆的马蹄声,
运来在夏日收割的草堆。

鸟儿却常从空中向它飞来,
从破碎的窗户飞进又飞出,
鸟啼声声犹如我们的叹息,
因在此住得太久而生怨诉。

但丁香又为它们长出了新叶,
还有老榆树,虽然曾被火烧;
干涸的水泵举起笨拙的手臂;
围栏柱上仍有股铁丝牵绕。

对于它们没什么悲伤可言。
它们为能守住居巢而欣喜,
我们也应该熟悉乡间的事情,
别相信福玻斯会为此哭泣①。

---

① 福玻斯,Phoebus,希腊神话中的太阳神和诗歌音乐之神。

西流溪

1928 年

春　潭

这些水潭虽然隐藏在树林中，
却能清澈地反映出整个天空，
且如它们身边的花一样冷瑟，
也将如这些花一样很快消失，
但不是消失于溪流或江河，
而是缘根而上成浓荫繁枝。

树木在紧闭的叶芽里将它含蕴，
将成为夏日的树林郁郁葱葱——
让那些树木们好好想一想吧，
在将它抹去、饮干、扫除之前，
这花一样的水，这水一样的花，
原本是昨天融化的白雪所变。

玫瑰家族

玫瑰是一枝玫瑰,
从来就是玫瑰。
但照现在的理论,
说苹果也是玫瑰,
我看如以此类推,
梨和李子也是玫瑰。
只有亲爱的你知道,
谁是下一个玫瑰。
当然,你是玫瑰——
而且从来是玫瑰。

花园里的流萤

星星们出来了,布满整个天空,
而在大地上,飞来闪烁的萤火虫,
虽没星星大,却要与星星竞争
(实际上它们从来不是星星),
有时它们起初与星星很相似,
只是不能将这角色始终保持。

气　氛
——花园墙上的题词

风吹过空旷的草地一片荒凉；
但遇到这堵墙——它满脸阳光，
却只能打转，没有推倒它的力量，
也无法将这块土地打扫干净；
潮湿、颜色和气味在此变浓，
漫长的日光凝聚为一种气氛。

忠　诚

凡心灵所能想起的忠诚，
都不如海岸对海洋的忠诚——
坚守着一条弯弯的弧线，
默数着重复不止的涛声。

织　茧

我极目望去,见秋日的烟霭
在夜晚的天空向两边散开,
使新升的月亮暗淡无光,
蓝烟萦绕在榆树草场上,
这烟雾来自一贫困的家中,
这家屋子上有一根烟囱;
阴暗中它此时尚未点灯,
它生活孤寂有谁能见闻,
数小时也不见有人到屋外,
干点什么活当夜晚到来。
那住户想必是孤独的女人。
用这烟,我想告诉她们,
她们是在给自己织着茧,
用它把土地和月亮来紧缠,
寒冷的冬风也难把它吹散——
她们不知道她们是在织茧。

有一次在太平洋边

被击碎的海涛发出混沌的喧声。
但巨浪仍汹涌而来,不断前进,
它们想对海岸显示自己的威力,
它们要给陆地前所未有的打击。
而天空布满了低沉的散乱的乌云,
像绺绺额发在闪烁的目光中飘动。
你说不准,但似乎隐隐地感到:
这海岸幸亏有山崖做它的倚靠,
而山崖又幸亏连接着整个大陆;
仿佛有险恶的黑夜临近的脚步——
不仅仅是一夜,而是一个时代。
有的人得准备好迎接愤怒的到来。
在上帝最后叫"把光熄灭"之前,
也许会发生比海啸更大的事件。

一只小鸟

我希望这只小鸟快点飞走,
别整天在我屋边唱个不休;

我在门旁对它拍了拍手掌,
当我忍无可忍再听它歌唱。

这准是我自己的一个过错。
鸟儿要唱歌为什么受谴责。

想阻止歌声,只留下寂静,
那肯定是你自己出了毛病。

丧　偶

我过去在哪里曾听见这风声,
它转为声声咆哮音调深沉?
它为何要让我站立在那里,
让我手扶着打开的乱晃的门,
向山下望去,看海岸浪涛滚滚?
夏天过去了,一天也将过去。
阴沉的乌云已在西天凝聚。
在外面门廊的下陷的地板上,
落叶成团地飘起发出唏嘘,
盲目地乱扑乱打着我的双膝。
在这风声中有一种不祥之音,
告诉我我的秘密已被人知晓:
说我在这屋中是孤独一人,
这件事不知怎么已成为传闻,
说我在生活中已茕茕孑立,
说我举目无亲,除了上帝。

窗边的树

我窗边的树啊,窗边的树,
夜幕降临时我把窗关闭;
但永远不要拉上窗帘吧,
以免将你我隔离。

你是地上崛起的朦胧的梦影,
你像浮云一样飘忽不定,
你轻巧的叶舌高声宣讲的一切,
并非都情理至深。

但树啊,我曾见狂风将你摇撼,
假如你见我在这屋中睡眠,
你会看到我也曾被猛烈地激荡,
几乎被暴风席卷。

那天命运出于它的儿戏,
把我们两个联系在一起,
但你关心的是外面的气候,
而我是内心的风雨。

和平的牧羊人

如果上天要再做安排,
让我靠在牧场的栅栏上,
从那些点点繁星之间,
排列我所仰慕的偶像,

我想,我一定不会
再希望让统治的王冠、
生意场的秤盘,信仰的
十字架,再重现人间。

它们都曾将我们统治,
曾见人类不停的争战。
十字架、王冠和秤盘,
到头来无非都是刀剑。

茅草屋顶

我独自走在冬天的雨中，
以整个身心去感受苦痛。
但无论我走到什么地方，
都看到那高处窗户的灯光。
那灯光代表着它的一切：
我不会回去除非它熄灭；
而我不进屋它就不消隐。
似乎我们两个在比输赢，
看谁先让步，看谁能占先。
而大地此时已漆黑一片。
寒气凛冽中雨水变成雪，
大风飞扬又加上一层灰。
但多奇怪：在这厚厚的旧屋顶里，
夏天曾有鸟儿孵育出生，
它们叫着被喂着到羽翼长成，
有的现仍活着如隐士一般。
当我走过它低矮的茅草檐，
我的袖子会擦到它的边缘，
受惊的鸟从一个个洞里飞出，
飞进黑夜。 我不禁感到痛楚，
想到它们因此将无处归宿，

好比在痛苦上再加痛苦——
它们怎能四处飞翔去把巢
寻找，或找个地方歇歇脚。
它们定在想去哪片泥泞栖身，
凭着自己的羽毛自己的体温，
直到黎明降临时再安全起飞。
但后来当想起它们无家可归，
我的痛苦却为之大大减轻。
我的痛苦融化有以下的原因：
鸟们告诉我我们曾居住的茅屋，
那风吹雨打的屋顶已被拆除；
它的数百年的生涯已经结束，
此时那打在我身上的雨点
也同样打在它楼上的地板。

冬天的伊甸园

桤木洼地中一个冬天的花园,
兔子们出来晒太阳蹦跳耍玩,
似乎已与天堂十分接近,
雪未融化,树在休眠未受惊。

积雪给生存提高了一层空间,
比下面的土地高出一点点,
离头顶的苍穹也稍稍靠近,
去年的浆果仍闪着紫红。

它将一只瘦削的野兽举起,
让它能把高处的食物送进嘴里,
能用野苹果树的嫩树皮进餐,
它可能是今年最高的树环。

因靠近天堂,停止了交媾:
鸟儿们冬日相聚不过是朋友,
一起找幼芽。 它们仿佛在琢磨
哪些芽将是叶,哪些将是花朵。

一个羽毛锤轻轻敲击了两声①。
伊甸园的一天到两点就告终。
冬天的时辰显得过于短促,
不值得生命醒来将欢乐追逐。

---

① 羽毛锤,指啄木鸟。

洪　水

血液比水更难用大坝来挡住，
当我们以为我们已将它积蓄
在新的围墙内（让它去冲击！）
它却摆脱了，以一种新的杀戮。
我们宁愿说释放它的是魔鬼；
但其实却是血液自己的力量。
它冲决的威力如洪水一般强，
形成异常的高峰，岌岌可危。
它要有出口，无论它是否壮观。
无论是战争的武器，和平的工具
都是它寻求释放的一种契机。
现在它又一次如潮水般席卷，
当它流过时，山尖都被玷污。
啊，血液要释放。它难以禁锢。

熟悉黑夜

我早已是个熟悉黑夜的人。
我在雨中出行,在雨中归来,
直走到城郊外不见再有灯。

我曾向城里最凄凉的小巷望去。
我曾从打更人的身边走过,
我垂下目光,不愿作解释。

我停下来为止住脚步声响,
当断续的呼喊声从远处传来,
越过屋舍,从另一条街巷,

它不叫我回去,也不说再见;
而在更远处,在神秘的上方,
有一只发光的钟悬挂在天边,

宣称时间的对与错都不准。
我早已是个熟悉黑夜的人。

沙　丘

海浪碧绿，水汽蒸腾，
但在其死亡的地方，
升起更广阔的空间，
一片干旱，颜色棕黄。

它们是大海造的陆地，
小镇上曾住着打鱼人，
那些没在海里淹死的，
就被埋葬在沙土中。

大海能认出海湾和海角，
但它却看不懂人类，
它希望以自己的变形，
将人类从记忆中磨灭。

人类给海留下一沉船：
也会留给它一小屋；
为又一个丢下的贝壳，
打开更自由的思路。

大犬星座

一只占优势的大狗,
一只在天空的野兽,
它一只眼中有一颗星,
从东方一跃露出了头。

它姿势笔挺地跳着舞,
从东开始跳到西,
它不停地跳着,从不
靠在前脚上歇息。

我是一只劣势的狗,
但今夜我也要嚎叫,
和那只大狗一起,
在黑暗中欢蹦乱跳。

移 民

那些扬帆的船,用蒸汽的船,
把越来越多的人向这里运载,
而"五月花号"却带着梦幻,
如朝圣者焦虑地向这海岸驶来。

最后一次割草

有一片名叫远方的草场,
我们将不再去那里割草,
或如人们在农舍里所说的:
人们与那草场已无瓜葛。
现在正是花儿的好时机,
不必再怕割草机和耕犁。
然而,当割草一旦停止了,
却把树木带来了,它们
看到开阔的空地,便开始
进军,扩展它们的树荫。
而我最担心的就是树木,
因花不能在树荫下开放;
我不再担心人会做什么,
草场与场主的账已结清。
这片地方眼下是我们的,
是为你们的,喧闹的花朵啊,
任你们在这里挥霍和疯狂,
千姿百态色彩缤纷的花呀,
我不必叫出你们的名字。

出生地

这儿,从这山坡再往上,
那时看不到有任何希望,
父亲却盖起屋,围住清泉,
又把它们都凿在墙里面,
让这土地长出草和庄稼,
养活这大大小小的一家。
我们兄弟姐妹一共十二个。
大山对这喧闹似乎很快乐,
她很快一个个认出了我们——
看我们时总像带着笑容。
现在她已叫不出我们的姓名。
(姑娘们当然都已改了姓①。)
大山已将我们从膝下推开。
现林木苍翠长满她的胸怀。

---

① 按西方习惯,女子结婚后改姓丈夫的姓,说姑娘们改了姓乃指她们已结婚。

黑暗中的门

黑暗中从一房间走向另一房间，
我会盲目地伸出手保护我的脸，
但却忘了把我的手指并拢，
把两只胳膊围成一个弧圈。
结果有一扇小门突破了防线，
我的头狠狠地撞在了门上，
我的自卫动作完全被打乱。
黑暗中人和东西间很难合作，
很难像往常那样相互配合。

一满抱东西

当我弯腰把每个包儿捡起，
别的包掉下了，从我膝头和手臂，
整堆东西在滑落，面包，瓶子——
相反之物难以很快互容在一起，
但我什么东西也不愿丢下。
我要把一切抱住，用手和脑瓜，
甚至心，我要用我的全副本领，
让满抱东西在胸前保持平衡。
我赶紧蹲下来当它们将散落；
结果在它们中间我席地而坐。
我只得把满抱东西在路上散开，
试用更好的办法把它们堆起来。

五十岁感言

当我年轻时我的老师们是老人。
我放弃了火为在冷却中成型。
我像块被铸的金属痛苦不已。
我去学校找老人为学习过去。

现在我老了我的老师们却年轻。
不能铸造的东西就该砸该拧。
我勤习功课为适于缝补剪裁。
我去学校找年轻人为学习未来。

熊

熊伸出双臂抓住她头上一棵树,
将它拉下来像是把爱人抱住,
用她稠李般的嘴唇与它吻别,
又让它啪地一声向天上弹回。
接着她又去摇撼墙上的石头
(她仿佛在秋天在旷野里行走)。
她沉重的躯体压得铁丝网嘎嘎响,
当她在枫树之间上下跳荡,
在一根铁刺上留下一绺毛发。
这是熊在未入樊笼的状态下。
这世界有熊感受自由的天地;
这宇宙却如此狭窄对于我和你。
人的行为更像可怜的笼中之熊,
整天与内心的紧张和愤怒斗争,
他心之所思总是被情所排斥。
他来来回回地走着永无休止,
拖曳着脚步脚趾咔嚓咔嚓响,
一端有望远镜在他走的路线上,
而在另一端放置的是显微镜,
两种仪器具有同一个憧憬,
两者相结合可见广阔的境界。

当他倦于科学的探索想歇歇，
他也只能坐下来，把头摇摆于
形而上学的两极间，就好似
通过一个弧线，大约九十度。
他坐压着他的底座似的屁股①，
仰起口鼻，闭着（如还有）双眼，
（他看似很虔诚，其实并不然），
他在两个脸颊之间摇摆着，
摇到一边时同意这个希腊人，
摇到另一边同意那个希腊人，
也许这就是所谓的思想的形成。
形状如袋子，总是带着忧郁，
无论是坐着，还是走来走去②。

---

① 此诗从第一句至这一句均为两句一韵，译文也照此用韵；但此后原诗改为三句或两句一韵不等，故译文韵式也随之有所改变。
② 走来走去，原文为 Peripatetic，意为"亚里士多德学派的"，因古希腊哲学家亚里士多德在学院内漫步讲学，故也意为走来走去的。

更远的领域

1936 年

小丘的土拨鼠

有的住在一个斜坡上,
有的用块破布板做遮挡,
给自己留下一片天空,
别瞧个儿小却其乐融融。

我也有我的战略退路,
它在两个岩石的交接处,
为从安全和舒适出发,
我挖了个双门洞在地下。

有这些做我身后的保障,
我出来坐坐又有何妨,
就像有人小心地装作
他和这世界交情不错。

我们为活着不把命丢掉,
个个带一只小小的口哨,
一听见这警报,刹那间,
我们就已钻到地下面。

我们要略施一点诡计,
暂不露头,也不出去,
不找东西吃也不找水喝,
乘此机会好好地思索。

如果当猎人已经过去,
双筒枪的枪声也已消失
(就像战争和瘟疫一样
丧失了理智精神失常),

如果我还能满怀信心,
说我又一天得享安宁,
甚至平安地度过了一年,
还能与你亲爱的相见,

那是因为我虽然渺小,
若是与这世界来比较,
却精心挖洞毫不含糊,
靠着与生俱来的天赋。

赋于大暴雨来临时

就让大暴雨尽情地发作吧!
它给我带来的最大伤害
是把我花园的泥土冲刷,
把它带走,流向大海。

这是大雨的古老的把戏,
每当它降在山间的农场,
它总要劫掠某些东西,
给将来留下一点创伤。

但是不是伤害也很难讲,
当东西由于腐烂而肥沃,
到头来却又成贫瘠荒凉,
当我的花园被冲下沟壑,

某种力量却正在运转,
有一天山将在水中淹没,
海底将升起海水已干——
山河颠倒再不见这山坡。

那时我只好离开这地方,
跑到山坡的另一边去,
在阳光照耀的新土地上,
胸怀着希望从头做起。

我的某些陈旧的工具
将在犁田时出土重现,
它的木头已成为坚石,
但使用起来还很灵便。

但愿我的不停的劳作——
它无休无止,重复不断,
将不会使我感到厌恶,
对人类的状态忿忿不满。

家门口的人影

上了山坡后,我们行驶在高山间,
在平坦山路上,眼前一无所见,
除了橡树,还是橡树,因缺少
泥土,它们都长得又瘦又小。
但我们在单调枯燥的行程中,
曾经过一地方,看到一个活人。
他又瘦又高,头顶小屋的门框,
如果他仰面跌跤摔倒在地上,
会占满那间屋,身子碰到后墙。
但他没摔倒,这只是我们的想象。
虽然他住得这么远少有人迹,
但显然他能对付着住在这里。
他坚定地站着,显得憔悴又冷酷,
但也许这并非因为生活贫苦。
他有橡树可取暖,并给他光亮。
他有一母鸡,还把一头猪喂养。
他有一口井,能把雨水贮蓄。
他还有一个 10×20 米的菜地。
他也不缺少他的消遣和娱乐,
我想那就是看我们的火车经过。
他看见我们在进餐,在车厢里,
他高兴时,会向我们挥手致意。

伍德沃德游乐园①

有一个男孩,他独出心裁,
有一次给笼子里的两个小猴
看一个凸透镜,小猴不明白,
也永远无法让它们明白。
解释没有用:说这是个镜片
能把阳光集中,它们听不懂。
那就让他给它们演示它的功能。
他先后在两个猴子的鼻子上,
把阳光聚焦于一点,直到
它们两眼发蒙,莫名其妙,
它们使劲地眨眼也眨不掉。
它们两臂交叉地站在围栏旁,
相互交换着迷茫的眼神。
一个若有所思地摸了摸鼻子,
似乎想起了——也许想起了
一百万年前的一个心思。
它感到紫红的小指节一阵刺痛。
一个已知的现象又一次
被心理学的试验所证明,

---

① 伍德沃德游乐园,其中包括动物园,位于旧金山市。

如果那男孩不久离开了笼子,
这一发现也就到此为止。
但突然有只猴臂伸过来一抓,
那镜片就归猴子,不归男孩了。
它们急忙退到笼子后头,
用它们的方式,对镜片
进行研究——虽无所需的知识。
它们咬镜片,闻它有何气味。
它们拆掉它的手柄和镶边。
还是弄不明白,只好将它放弃,
把它藏在它们睡觉的草堆里,
以消磨囚笼里无聊的日子,
然后冷淡地又走到围栏前,
来做个自我交代:谁说猴子
懂什么不懂什么很重要?
它们可能不懂得凸透镜。
它们可能不懂得太阳本身。
知道该如何处事才最要紧。

迷失于天庭

云啊,这雨水之源,在一个风雨
之夜,打开了缺口,为露水之源;
我向那缺口望去,心怀着焦虑,
我要寻过去的标记,从那片蔚蓝。

但在那片天空里只寥寥几颗星,
且没有两颗星属于同一个星座——
星光暗淡,没有一颗认得清;
我不免既怀感激,又感到惊愕,

发现我又一次迷失,我不禁叹息,
"我现在天庭何处? 但不必告诉我!
啊,洞开的云,扩散中向我启迪。
就让我迷失于天庭,并将我淹没。"

荒漠之地

雪和夜色在飞降,啊,在飞降,
在我看到的旷野,我路过的地方,
土地几被雪遮掩,白茫茫一片,
唯几株枯草和残梗露出在地上。

旷野周围是树林——它是树林的。
动物们都藏在洞穴中悄无声息。
我匆匆而过,无心去仔细端详;
不知不觉中我也被这孤寂占据。

那种孤寂啊,它在愈益加深,
似乎没有任何减少的可能——
雪夜降临时白色愈益空旷,
它无所表示,没有任何表情。

寥廓的空间并不会使我恐惧,
即使在星空——那里没有人迹。
当逐渐走近家门,令我害怕的
是我自身中的那片荒漠之地。

叶与花的比较

树叶能长得美好兴旺,
树皮和树木也是这样;
但若无养料加入根内,
休想见繁花硕果累累。

但树是否开花或结果,
我却不在乎模棱两可。
树叶柔滑,树皮粗糙,
树有叶有皮也就够了。

有的大树开的花很小,
倒不如它不开花更妙。
后来对蕨草我也喜欢,
如今对苔藓也能赏鉴。

我让人简明地告诉我,
谁更美,是叶或花朵。
却没有聪明人说这话,
说夜晚是叶白天是花。

树叶树皮,树叶树皮,
夜可听声,也可相倚。
我曾经追求花的鲜艳,
叶却是我忧郁的慰安。

脚踩落叶者

我整天脚踩着落叶直到对秋天厌倦。
天知道我践踏的落叶形色多么纷繁。
也许因小心翼翼我反而踩得更用力。
在隔年的败叶之上我放心地踩下去。

在整个夏天树叶高挂在我头顶上面。
当它们落地归根时却又飘过我身边。
在整个夏天我似闻它们轻声的威胁。
当它们飘落时似欲也将我带向陨灭。

如树叶向同伴它们向我的内心倾诉。
它们轻触我的眼睑嘴唇邀我去受苦。
但不能因它们将离去我也随之离去。
迈出我的脚步吧,向着来年的雪地。

它们这样相信也不妨

悲伤可认为是因悲伤。
烦恼可认为是因烦恼。
它们这样相信也不妨,
却把自己看得太重要。

不,需要多少年的雪
压在床头低矮的房檐,
从你年轻时开始积累,
才引来你头顶的雪线。

但每当房顶变成白色,
在黑暗的房内的头颅,
就减少一分夜的颜色,
而多了一分雪的白度。

悲伤可认为是因悲伤。
烦恼可认为是因烦恼。
但说它们窃贼却冤枉,
它们未将黑发来偷盗。

强者什么也不说

土地变得松软带几分湿润,
已可见几处若隐若现的浅草。
平整的耕地留着锄头的印痕,
培育种子的苗圃也已选好。

耙地的农人大多身单影只。
各干各的,耕地间相隔很远,
有人在露天空地上挑种子,
有人跌绊在乍停的车后边。

衬着早垦的新鲜黑色的土地,
一株无叶的李花新鲜而洁白;
也许时令还早有阵阵寒意,
蜜蜂还不能为丽人辛勤飞来。

风吹过一个个农庄如层层波浪,
但在风声里并无希望的寄托。
也许有很少或很多在坟墓远方,
强者在看见之前什么也不说。

月亮罗盘①

在大雨间歇中,仍落着雨滴,
我悄悄溜出去观看外面的景象。
月亮似罗盘撒下被遮的光线,
撒在夜雾缭绕的锥形山峰上,
仿佛她在做着最后的评判;
而当她用她的仪器进行测量,
山峰巍立在原地激动不已。
如爱用双手捧着可爱的脸庞……

---

① 原诗韵式为每两行押韵;译诗改为隔行押韵。

既不远也不深

人们沿着沙滩站立,
都朝一个方向眺望。
他们全都背向陆地,
他们整天望着海洋。

只要有船驶过那里,
就会渐渐升起船身;
潮湿的土地就像玻璃,
映出海鸥直立的姿影。

陆地可能多有变幻;
但不管出现什么景象——
海水不断冲击海岸,
人们总是眺望海洋。

他们既不能看得很远,
他们也不能看得很深。
但何时曾将他们阻拦
向着大海看个不停?

设 计

我看到一只带纹的蜘蛛,白而胖,
在白色的灵草上,将一只飞蛾攫住①,
好似抓着一小块紧绷的缎布——
这些相应的特征,毁灭和死亡,
都已配置好,在它捕猎的清晨,
犹如女巫把配料都放进汤锅——
一只蜘蛛似雪莲,一朵花如泡沫,
载着死去的羽翼像一纸风筝。

那花与白色究竟有什么关系,
与那路边蓝色的无辜的灵草?
是什么让蜘蛛向那高处爬去,
又引导白蛾在夜晚去到那里,
除非在冥冥中已把一切设计好,
设计掌控着它,虽然它那么小。

---

① 灵草,原文为 heal-all,中文名万灵草,此处简译称灵草。

一只在睡眠中歌唱的鸟

深夜里一只半睡半醒的鸟,
唱起了小调,但到一半就停了,
因为它整个夜晚只唱一回,
从那并不很高的树丛之内,
也因它虽在展示自己的口技,
却能及时中断凭它的心机,
在歌声刺激敌人的耳朵之前;
唱歌总比露面少一些风险。
相隔遥远,它不能从林间穿过,
穿过枝叶的缝隙,在我们中飞落,
我们是地上的人,它是鸟,
同在繁衍不息的生命的链条,
它若像这样在睡眠和梦中歌唱,
很容易被当作猎物遭致身亡。

雪　后

在大雪纷飞一片迷芒之中，
我在雪地上见到我身影。
于是我转身向天空仰望，
我们常这样询问上苍
为地上发生的事情。

若是我投下这一黑影，
若我就是其原因，
若在这暴雪的无形之影里
能映出我的身影，
我该有多黑的躯体。

我转身又举目仰望。
却见是碧空当头；
飞舞的雪花在停顿的刹那
好似寒霜凝结于薄纱，
被灿烂的阳光照透。

未被收获

隔墙飘来一种成熟的气息。
于是我离开我惯常所走的路,
寻找是什么使我在此停步,
原来有一颗苹果树站在那里,
它已卸下夏天的负载而舒展,
只留下一些稀疏自由的叶子,
轻轻呼吸着像夫人的扇子。
但有一个苹果掉落在地面,
它完整无损宛如给人的馈赠。
大地上多了个坚实的红圆心。

但愿总留点什么未被收获!
但愿有许多非我们计划之举,
犹如这被遗忘而留下的苹果,
可闻其甜香而不被当作窃取。

有些严酷的地区

我们坐在屋里谈论屋外的严寒。
每一阵愈益强劲的呼啸的风
是对这屋子的威胁。但它已久经考验。
我们想到树。如果它再无绿叶新生,
我们就知道,我们说,它将在今夜死去。
我们承认,这儿太靠北,不能种桃树。
人是怎么了,是心灵或头脑驱使——
总想要超越极限,打破约束?
按他的野心,他简直想让每一种
生物都衍生到北极的每个角落。
为什么永难教他改变秉性,
明白虽无明确界线分别对与错,
但有些严酷地区的规律必须遵循?
今夜我们对那棵树实无力相助,
但我们有一种好像被欺骗的感受,
没想到气温已下降了这么多,
却又刮起西北风,越刮越猛。
树已落尽叶子,可能再不会长新叶。
究竟如何需数月后待春天光临。
如果它注定将不能再生长,
那只怪人类的不知极限的本性。

要及早准备好

这又老又丑的婆娘形销骨立,
拿着水桶和抹布把台阶清洗,
可她曾是妖艳的阿比莎美女①。

当年好莱坞引以为荣的明星。
多少显赫者跌入潦倒的困境,
不由得你不相信类似的命运。

为避免噩运不如早点身亡,
如命中注定你能活得很长,
就下定决心要死得像个样。

你要拥有整个证券交易所,
如有必要也应该占据王座,
在那儿没人敢叫你老丑婆。

有人凭借自己的博学多识,
有人靠言而有信老实行事,
他们的做法你也可以试试。

———————

① 阿比莎,Abishag,据《圣经》记载,是服侍大卫王的美女。

尽管你曾如明星满身光彩,
也难免到头来却无人理睬,
难免老境凄凉人生的悲哀。

最好能死得有尊严有体面,
最好有买来的友谊在身边,
要及早准备好要考虑周全。

预　防

当我年轻时我从来不敢激进,
怕这会使我年老时变为保守。

生命的跨度

老狗回叫了几声懒得站起身。
我却还记得它是狗仔的神情。

莱特的双翼飞机①

这一双翼飞机是人类飞翔的外形。
它的名字最好叫第一个摩托风筝。
它的制造者的名字时间不会搞错,
因为莱特的大名双双书写在天空。

---

① 莱特,指莱特兄弟,Wright,Orville and Wilbur,美国飞机发明家,于1903年成功地试飞第一架动力飞机,开创了人类的航空时代。

消灭不良倾向

这虫害会不会把栗树损坏?
农夫们不认为它有大害。
它会潜伏在树的根部,
它会沿新枝爬到高处,
直到另一种虫子出现,
来把它收拾把它全歼。

没完全找到

我向上帝怨诉说
这世界让我失望;
可事情多么糟糕,
上帝不在我身旁。

上帝也有话对我说
(谁都别为此发笑);
但他也没瞧见我——
至少没完全找到。

富豪的博弈

已到了深夜,我仍输个不停,
但我不怨天尤人,我很平静。

只要宣言能保证我有的权利①,
把相同数目的牌发到我手里,

由谁来做庄我不在乎我不管,
只让咱们来看看下一个五点②。

---

① 宣言,指美国独立宣言。
② 五点,指纸牌、骨牌或骰子的五点。

傍晚的彩虹

一个雾蒙蒙的傍晚,我们俩结伴
一路摸索着走下莫尔文山坡,
经过潮湿的田野和树篱回家去。
刹时间空中色彩斑驳,正如
古罗马人信仰的,曾在孟菲斯①
高地上所看到的那种景象,
太阳从四散的碎片又重新
集中起来,完整地出现。
光在我们眼中像一堆颜料。
接着月亮升起,呈现一片
水淋淋的景色,仿佛潜水艇;
我们俩站着,被浸透和淹没了。
地上夹杂着苜蓿的再生草
尽力吸收着水分,如吸收露水,
但空气中仍饱含着水汽,
它的压力增加了水的重量。
然后出现一条小彩虹,如花架门,
如月亮制造的一张菱形的小弓,
就在我们头上,我们能穿过去。

---

① 孟菲斯,Memphis,古埃及城市。

上天赐予了我们一个奇迹,
它从未降临到另外两人身上,
且唯我一人活着来描绘它。
一个奇观! 当它如弓般弯曲时,
它不随着我们行走而移动
(为不让它的金盆被发现),
它从它的湿润的山墙提起
缤纷的水珠飞舞的两端,
将它们合拢成为一个环。
我们站在环中,在它温柔的环抱里,
没有时间或敌人能割断
我们之间的情投意合。

见证树

1942 年

山毛榉

在我的想象的界线
在树林里弯成直角处,竖立着
一道铁丝网和一堆岩石。
在这角落旁的荒野里,
在岩石被冲击和堆积起来的地方,
有一棵树,以其深深的伤痕,
作为见证树铭刻在这里①,
为证明,为让我记住
我不是没有边界的。
真理就是这样被确认被证明,
虽处于黑暗和疑问之中——
虽被充满疑问的世界所包围。

---

① 见证树,美国早期移民常将地角的一棵树剥去树皮,刻上标记作为地界,这种树被称作"见证树"。

丝绸帐篷

她像座丝绸帐篷,在田野里,
正午阳光下,吹拂着夏日的和风,
吹干了露水,帐篷的绳索松弛,
用竿子撑起的帐篷在轻轻晃动,
帐篷的中心支柱,一根杉树干,
也是帐篷的尖顶,直指苍穹,
象征着它心灵的踏实和安然,
它似乎不需要任何绳索的绑捆,
不需要任何拘束,只被无数
爱与思念的丝线松松地系住,
它们与大地相连,与万物相连,
唯当任性的天气出现了变故,
当夏风转猛,将它稍稍绷紧,
它才意识到些许束缚和责任。

幸福以高度弥补其缺少的长度

啊,这世界多有风暴!
晴朗的日子多么稀少——
当没有喧嚣,没有纷乱,
既无阴云,也无烟岚,
不像是有尸布裹在身上,
太阳如圆球发出光芒,
不被障蔽或半遮半掩
模模糊糊,难以看见。
我不知是从什么地方
得此久不磨灭的印象,
它充满光明又充满温暖。
我的思绪如没有混乱,
可能是一个绝佳的天气
给我留下深深的记忆,
那天自破晓就碧空无云,
至夕阳西下夜晚降临,
整整一天都艳阳朗照。
我相信,我怎能忘掉,
我的美好的记忆都来自
那个难得一遇的日子,
唯有我们的身影经过,

穿越艳丽绽放的花朵,
当我们从家向树林走去,
以排遣我们心头的孤寂。

请 进

当我走到树林的边上,
传来鸫鸟的啼声——你听!
林外此时虽是傍晚,
林内却已一片昏冥。

树林里太黑,鸟儿怎能
凭借它的灵巧的翅膀,
在这夜晚安稳地栖宿,
虽然它还能继续歌唱。

夕阳西下,唯留下最后
一道余晖,奄奄一息,
为一只鸫鸟在这时光,
从胸中再唱一支歌曲。

在远方,在那深黑之处,
鸫鸟的歌声仍在回荡——
仿佛在召唤在邀我进去,
走进黑暗,走进哀伤。

但是不,我愿在外面看星光:
我可不愿意走进这树林。
即使邀请我我也不进去,
何况我并未受到邀请。

我可以把一切交给时间

对时间而言,当它与一座座雪峰
对抗,它并不觉得自己多勇敢,
当雪水奔流山峰又露出原顶;
它也没高兴,当山峰变为平川,
它唯显严峻,沉思而又严峻。

如今是内陆,却将变成海岛,
在沉礁周围将有漩涡嬉戏,
就像酒窝出现在微笑的嘴角;
我能理解时间的无忧无喜,
任凭这星球如何改变其面貌。

我可以把一切交给时间,除了
我自己据有的。 但我何必申报
这些违禁物品呢,当海关正睡着,
我可以安全通关? 我过了通道,
我不愿舍弃的东西仍由我掌握。

幸福须及时

岁月见两个安静的孩子
在暮色中亲密地走过,
不知道他们是要回家去,
还是从村庄里走出来,
还是上教堂(钟声正敲响)。
他等着(他们俩还陌生)
直等到他们远不可闻,
才为他们悄悄祝福。
"祝你们幸福,幸福,
幸福须及时,只在朝夕。"
这是岁月的古老的话题。
岁月将它采集的玫瑰
硬塞进许多诗篇里,
以此向人们发出警告:
那些坠入在爱河中的
被幸福席卷的恋人们,
你们正在享受幸福,
但却不知身在福中。
何不让生命抓住眼前的时光?
然而若与未来相比,
现在总是那样短暂,

现在和未来加在一起，
也少于已经消失的过去。
现在往往太关注感官，
往往太拥挤，太混乱——
过于现实而无法想象。

最多是这样

他以为这宇宙由他独自占据,
因为对他的声音的所有回答,
只是他自己的回音,含着揶揄,
越过湖面,从树木遮掩的悬崖。
在某个早晨,从岩石纵横的湖滩,
他向生命呼唤,他需要的回应
不是他声音的复制,把他颂赞,
而是反颂赞,是一种独立的声音。
但在他呼唤后却不闻任何声响,
除了似从远处传来的撞击声,
从湖对岸,从崖石塌落的地方,
接着又隐约听见水花飞溅声,
而片刻之后,似有什么游来,
却无人出现,而是别的东西,
当它逐渐靠近,才终于看明白,
是一头健壮的公鹿从水中站起,
它向前走来推开脚下的水浪,
它上了岸,浑身是水犹如瀑布,
摆动着犄角,在岩石间跌跌撞撞,
后闯入灌木丛——一切到此结束。

鸟儿的歌声将不再与过去一样

他将会宣告,他也这样相信,
在那儿,在那整个花园里的鸟,
由于整天能听见夏娃的声音,
它们的啼唱中将会多一种曲调,
是曲调的意思,并没有歌词。
她的嗓音是那样温柔和婉转,
鸟儿们自然会学唱她的曲子,
当她在花园中高声欢笑或呼唤。
无论如何,她已在鸟的歌声中。
而且这两种声音已相互融合,
在林中回荡已度过漫长的光阴,
或许从此将永远也不会失落。
鸟儿的歌声将不再与过去一样,
她来花园里就为改变鸟的歌唱。

定要找回家

天色黑下来,他在赶路把家回,
但风雪迷茫他不见家在何方。
风雪灌入他脖子里犹如盐水,
吸走他的气,像只猫赖在床上。

雪飘在他身上又落下,他只好
弯下腰,分腿坐在一雪堆上面,
印出一座鞍,平静地把路途思考。
他敏锐的目光看着风雪飞旋。

既然他要去那个门就要到那个门,
尽管对目标和速度会做些妥协,
尽管会摸错把手,为找到那个门,
而对思念他的人他回家晚了些。

云　影

微风发现了我的打开的书本，
开始把书页乱翻在书中找寻，
它要找关于描写春天的诗，
我想告诉它"没有这回事！"

因为谁会写诗以春天做题材？
但微风不屑回答对我不理睬；
而一片云影飘来遮住它脸庞，
生怕我会让它找不到那诗章。

寻找带紫边的花

我感到脚下的草地的寒冷,
但头上却有太阳;
我唱过和吟诵过
与这相似的景色的诗章。

我沿白桤树林寻找,我走过的
路线有数英里长。
这该是繁花盛开的日子,
但我未见花开放。

我继续向前行去,赶在开镰前,
因草已长得很高;
直到来至一小径,细长的狐狸曾在此
出没,拼命地奔跑。

循着它的行迹,我终于发现——
恰在那一时刻,
当花瓣开始变红发紫——
发现了我远途来寻的花朵。

紫色的花尖挺立着，没有风，
也没有莽撞的蜜蜂
来惊扰它们整日保持的优美的姿态，
在那桤树荫中。

我只是跪下，用手将树枝拨开，
去看看，或至多数一遍
那些在树丛深处的未绽的花蕾，
它们苍白如幽灵一般。

然后我站起身，默默地漫步回家，
我自言自语，
秋天将到了，将落叶纷飞，
因夏天已过去。

彻底的奉献

这土地属于我们在我们属于她之前。
她属于我们已有一百多年,
在我们是她的人民之前。 她属于我们,
在马萨诸塞,在弗吉尼亚,
但那时我们属于英国,是殖民地,
我们已占有但未摆脱被占有,
被现已不再占有我们者所占有。
我们因为自我克制而软弱,
直到我们终于发现是我们自己
拒绝了我们赖以生存的土地,
于是做出奉献以获取新生。
于是我们将自己彻底奉献
(为这奉献我们打了许多仗)
给这土地,她正在逐渐向西拓展,
但她仍平淡无奇,仍朴实无华,
就如她过去和她将来那样。

三层铜墙

宇宙无限辽阔广大,
为保护我的内脏器官,
上帝给我一张皮囊。
而为建筑第二道防线,

由我自己动手,用木料、
石头或泥浆砌成一堵墙,
这墙很坚固,罪犯要穿过
或翻越它,简直是梦想。

然后我们达成协议,
划分国界确定标记。
它成为我的第三防线,
将我与万物隔离。

我们立足在这星球上

我们祈求雨。 但不见雷鸣电闪。
上天没因这要求把怒气发泄，
没刮起狂风。 它也没有误解，
它给的没超出我们所提的条件；
没因我们对雨水殷切的盼望，
就降下暴雨带来洪水与灾祸。
而只落下一阵细雨，晶莹闪烁。
当我们把水引到庄稼的根上，
它又给我们洒下来一场场雨，
直到泥土像海绵般把水喝足。
对善与恶的比例我们不清楚。
大自然有诸多不利。 但别忘记：
从时间开始以来，如观其总体，
大自然，包括在战争与和平中
人的本性，都稍对人类有利，
至少会占到百分之一的成分，
要不然人口不可能稳步增长，
我们也不可能立足在这星球上。

致在冬天看到的一只飞蛾

这是我在口袋里温暖的不戴手套的手,
供你在上面栖息片刻,在这树林里,
黑亮的眼睛,丝绸般的棕黄色身躯,
停息时也不将翅翼折起,而仍张开着。
(如我想与飞蛾为友,如与鲜花为友,
那么从这些标志看,你又是谁呢?)
请你告诉我是什么诱惑你怀着虚幻的
希望,来做这探索永恒的冒险,
来寻求同类的爱,在寒冬季节里?
你停下听我把话说完。 我实在觉得
你为了一个幻想飞得太费劲,
为支撑自己而几乎消耗殆尽。
你找不到爱,爱也不会找到你。
你让我怜悯的是某种人性的东西,
一种古老的不可救药的不合时宜,
它只能招致各种灾难和不幸。
但去吧。 你没错。 我的怜悯没有用。
去吧,直到你翅膀被打湿而停止。
你一定天生比我更智慧,你一定
知道我因感情冲动而伸出的手,
也许可以越过隔离一切的鸿沟,

到达你身边，但无法触及你的命运。
我不能触及你的生命，更不能救你，
我能做的无非是暂且救自己。

在一首诗里

诗句欢快地走在自己的路上,
取来故意调皮捣蛋的韵脚,
并需把节奏和拍子照管好,
说它要说的不能走偏了方向。

对败狗的同情

先从下升上去,又从上落下来,
我们看着马戏团的狗在转圈,
没有参议员敢进去把它们踢开,
生怕它们一起来咬他的衣冠。

问 题

一个声音说：看看星球中的我，
你们说实话，地上的芸芸众生，
你们身心的伤痕难道还不够多，
付出如此大的代价仍希望诞生。

不论智慧来自何处①

柏拉图有个想法很让我欢喜:
智慧不必来自雅典,也可来自
斯巴达,甚至皮奥夏地区。
至少我不希望它只一个体系。

---

① 此诗原文标题为 Boeotian,指希腊皮奥夏地区的人,被认为是愚蠢的没有文化教养的人。 诗中的斯巴达,原文为 Laconic,指言语简练的斯巴达人。 为便于理解该诗的意思,故将诗题改译为"不论智慧来自何处"。

秘密安坐着

我们在环里旋舞做各种猜想,
秘密安坐在环中心了如指掌。

平衡器

千真万确,像凯撒名叫凯撒,
没有比他更聪明的经济学家
(虽然他不惜资金喜欢挥霍,
把勤俭节约称作是小气吝啬)。
当我们中间出现了贫富悬殊,
他就会拿出理论让社会复苏,
免得穷人们太穷会去偷东西,
我们时常需要有一种平衡器。

保 险

那不到一英寸以外的危险，
隔着舱口的一块玻璃板，
再加上固定的两个铜环，
我相信它已经被挡在外面。

绒毛绣线菊

1947 年

年轻的白桦树

白桦树裂开它的嫩绿的外皮,
露出它的肌肤,是多么白皙,
谁都会注意它,谁都喜欢年轻
和苗条。 很快它便全身白净,
使白昼加倍,把黑夜砍成两半,
亭亭玉立着它的洁白的树干,
只在树顶上可见一片翠绿——
这儿只有这棵树,凭它的美丽
敢于把枝叶傲然伸向空中。
(它的勇敢胜似美人的轻信。)
当有人回忆往事他定会想起
一次他沿墙砍树,在这树丛里,
唯独留下它,当把别的树砍掉,
它最初只像一根细细的藤条,
后来渐渐长粗好似钓鱼竿,
而现在终于长出像样的树干,
连你的能干的雇工也能看明白,
这树长在那儿,多么招人爱,
无人会感谢他,若是砍倒了它,
当你看书时或你出城不在家。
它是美丽的造物,乃上天所赐,
当尽其天年,作为一个装饰。

有所期待

它必将照现在的速度循序到来,
转眼之间,那些牲口不吃的
白绣线菊,还有绒球绣线菊
会将可吃的草挤掉,将其替代。

然后你不能做别的,只能等待,
等着看枫树、云杉、白桦树
将绣线菊挤掉,以同样的速度,
从遍地的绣线菊丛中冒出来。

在这些岩石间耕耘只能白费力。
所以你尽管去忙做别的事情,
让树木们自己渐渐增长年轮,
让它们的树枝如长袖般摇曳。

然后当树木成材,又把树砍倒,
你又见原始的大地,而不见
无用的杂草,它们虽花色鲜艳,
大地准备好把位置留给牧草。

我们把这称作是百年轮回。
一切在预见中,一切随它去,
有一种美德我们不能丢弃,
除非有政府来干涉乱作为。

要耐心等待,要学会向前看,
让事物照自己的行程去走。
不能靠希望养一匹马一头牛,
但它能让农家把丰收期盼。

后退一步

不仅仅是泥沙和砂石
又一次袭来汹涌而至,
还有泥浆席卷而下,
还有巨石纷纷崩塌,
怒气冲冲地相互撞击,
一起滚向山下的沟里。
山角被撕成一块块碎片。
我脚下摇晃,走投无路,
与宇宙一同经历着风险。
但此时我向后退了一步,
因此获救没掉下山去。
碎裂的世界掠过我身旁。
然后却又见雨停风息,
骄阳晒干了我的衣裳。

过于为河流担忧

向狭长的山谷望去，远处有一座山，
有人曾经说，那就是世界的尽头。
那么这条高山上的河流最后将
流向哪里，在哪里倾泻它的河水？
我没见过这么急的河不起水雾。
啊，我常常过于为河流担忧，
为它们将如何流出山谷操心。
其实这条河将流入那峡谷，
它名叫"别问与我们无关的事"，
就像我们迟早也将在某处停下来。
不会在无尽的远方迷了路。
黑夜很快从四面将我们
紧紧包围，也许是一种仁慈。
我们知道世界是一座象轿；
而大象站在一个乌龟壳上；
乌龟又站在大海的一块礁石上。
科学在吹灭照着孩子们的灯告诉
他们故事的结尾在梦中之前，
还能把这故事讲多长呢？
"你们可能会梦见它明天来讲。"
我们曾被熔化，我们曾被蒸发。

是什么使我们燃烧，使我们旋转，
也许伊壁鸠鲁派的卢克莱修会告诉我们
那是我们所知的万物的肇始，
我们不必像他的老师去太空探索，
去证明那是努力，是爱的尝试。

致古人

你有两种不朽可引以自豪。
一是你自身,一由你所制造。
可惜你的名字谁也不知道。

我们不知从哪里能把你找着,
却在一条河畔发现了一个,
在你做饭的洞里找到另一个。

能与古人的遗迹不期而遇,
仿佛遇见一个种族,仿佛你
依然活着与我们面面相觑。

我们按沉沙的厚度测算年代,
讨论你处于何种野蛮状态。
却难以做出定论困惑不解。

你造出这石器,你留下白骨,
而后者更是你自身的遗物,
单凭它你也足以永垂千古。

你让我自问当我随时光消陨,
我能否留下什么借我的诗韵?
或唯遗我的白骨伴着灰烬?

夜晚的光亮

她每晚都把一盏灯点亮,
在她的床边,在顶楼上。
它让她做恶梦让她睡不稳,
却帮上帝守护着她的灵魂。

笼罩她的阴影因此不见,
但它却困扰着我昼夜不散,
看一眼前方我感到恐慌,
最黑暗的东西在那里隐藏。

当我陷入困境

当我前不见去路,独自摸索,
当我登上了一座险峻的山岗,
忽见有一盏头灯迷离闪烁,
向下跳动,在那山间石路上,
像一颗流星刚从天空坠落。
我与它对面相隔身在树林里,
但那陌生的灯光使我感动,
减轻了我本来会感到的孤寂,
不然我只身行路又有何益,
当我在这黑夜中陷入困境。

虚张声势

当我出门时我没有小心地看一眼
头上的星空,有的星星很可能
飞落,会不会正好把我砸中?
我不得不冒这险——我冒了险。

确认所有发生的事情

谁的差事比我更荒唐,
我需整夜把天空瞭望,
如从天上掉下一颗星,
我必须说出是哪颗星。

虽然是个很小的太阳,
像颗珍珠闪闪发光;
我也需报告,某某星座
现在突然少了一颗。

我会时有踌躇,我生怕
把恐惧带给教会或国家,
当我宣布有颗星坠落,
比如从十字座或王冠座。

为确认有无星星漏掉,
我需照名单一一寻找,
把能见到的星都查遍。
这要花上我整个夜晚。

在漫漫长夜里

我将给自己建一座水晶房,
和一个孤独的朋友一起,
在严寒爆裂如枪响的地方,
冰冻的钢针一根根挺立。

我们将会给壁炉灌上油,
没有书本就背诵诗篇。
我们先后从屋里爬出来,
为的是把北极光观看。

如果有爱斯基摩人来拜访,
埃图卡索和库德洛克图①,
有生鱼和熟鱼请他们品尝,
也有鱼油让他们喝个足。

屋子虽简陋却很温暖,
我和朋友这样交谈,
我们有鸭绒被还怕什么,
舒舒服服又过一天。

---

① 爱斯基摩人的名字。

心不在焉

有一次我种庄稼蹲在地上,
懒洋洋地用农具刨着地,
嘴里哼着小曲随便瞎唱,
恰巧有孩子放学路过这里,
就停在篱墙外悄悄偷听,
我像受到伤害停止了唱歌,
因任何眼睛是恶意的眼睛,
如窥探人心不在焉的时刻。

对上帝的畏惧

如你原毫无地位而有了地位,
如你原区区无闻而成了个人物,
你必须不断地提醒自己
这一切都来自任性的上帝,
他给你的仁慈虽然比别人多,
却不会忍受你的过分挑剔。
谦卑些吧。 如你未获许可证
却穿上了与你身份不配的衣服,
你最好以顺从的眼神和声音
作为对它的一种弥补,
要注意别太张扬太外露,
把原是灵魂深处的幕帘
却拿它当作一件外衣穿。

对人的畏惧

有一个姑娘告别朋友走回家,
时已深夜,但没人一路护送她——
她真想一口气就能赶到家里,
这倒不是因她对死亡的恐惧。
城市高耸在空中看着像要倒,
但是她相信今夜它还不会倒。
(它可能被拆掉,在它倒塌之前。)
楼窗里几无灯光,一片昏暗,
除了银行保险箱边有一盏灯
(为了这份保险,应感谢财神)。
但她能相信路灯的微弱的灯光,
像一颗颗宝石在风沙中闪亮。
她怕有暴徒出现跟她搭话,
看她抛头露面可能误解她。
但愿我从这街上匆匆走过,
别引起误会有什么坏的猜测。

房屋的尖顶

如果本希望它通往永恒,
而其实它只是房屋的尖顶,使居所
成为崇拜的场所,会怎么样呢?
晚上我们不会爬上去睡觉。
白天我们不会爬上去生活。
我们从不需要到那上面去过日子。
尖塔和钟楼来到屋顶上,
意味着灵魂降临到肉体上。

创新的勇气

我听见世人唠叨个没完,
谈论古人所犯的错误,
无比的残暴无休的征战,
他们今后不会再重复。

他们身体上还带着伤残,
他们心灵上还留有余痛,
如今却又来侃侃而谈
虚无缥缈的人类联盟。

但幸而他们能有所领悟,
人类天赋有一种秉性,
并非只有卑劣和残酷
对他们的行动产生作用。

他们告诉你的会更多,
只要你告诉他们用他们
创新的勇气去做什么,
为什么要创新层出不穷。

在途中

当道路延伸至山顶,
似已到它的终点,
似将要直上苍穹。
而在远处它拐了弯,

又仿佛进入树林里,
一个静止的地方,
树木长年地伫立。
但无论你如何想象,

我的车轮靠机油发动,
漫漫长路虽无边,
但机油总会用尽。
由它决定我走多远,

无论是地上的树林,
或是蔚蓝的苍天,
诱你翱翔或宁静,
这与它都毫不相干。

关于天空的比喻

主啊,我总是爱你的天空,
无论它对我有利或有害,
我爱它,无论当万里晴空,
或阴晦低沉,当风雨袭来。

直到对它过多地仰望,
我曾感到眩晕并摔倒,
我从此不得不用拐杖,
为此受到人们的嘲笑。

我爱你的每一层天,
主啊,那都是你统治的领域——
从第一层到第七层天,
我的爱应该得到奖励。

我并没有奢求或希望,
当我的肉体转化为灵魂,
我将在星座里闪着光芒,
将永远悬挂在天穹。

但如因我对天空的仰望,
给了我不相称的名誉,
至少它应该使我向上,
而不是让我掉下去。

怀疑论者

遥远的星光流淌在我敏感的盘子上，
煎炸乌木树的原子使它们发白，
但我不相信我相信你说的情况。
对这些似是而非我不能够信赖。

我不相信你是空间里最后那一个，
我也不相信你已经接近终极，
不相信你何以有这赤红的脸色，
而那肇始者在爆炸后正疾速飞离。

宇宙可能很大，也可能并不大。
实际上我有时会有一种感觉，
它正在收紧把我的感官挤压，
就像生下我但仍裹着我的胎膜。

乡村舞蹈队

多么年轻,多么谦卑,
他们在街上耐心等待,
脚边放着包裹行李,
怀里抱着几个小孩。

无轨电车叮当地驶过,
他们向它招手呼唤,
过后才知道他们错了,
这儿不是一个车站。

但无人告知无人相助,
行人走过都行色匆匆,
对于这乡村舞蹈队,
好像谁都无动于衷。

受崇拜有感

海浪退去,那最后的浪潮
卷来一团海草,把我双腿缠绕,
在海水杂物的猛烈冲击下,
我光脚站在水中,全身晃摇,
若不是赶紧迈出步子,我就会像
被盲目崇拜的偶像扑通摔倒。

人云亦云

我可曾看见它过去,
所谓的密立根微粒①?
是的,我曾经说过,
我也曾为此费过力。
但我的话不足为凭。
若说我有什么毛病,
就是常常听信人言,
就是不免人云亦云。
其实我心里在疑惑,
我看见的只是眼睑
从我的眼睛前闪过。
我想若要我说真话,
我只是眼睛眨了眨。

---

① 密立根,Millikan Robert Andrews,美国物理学家,因研究电子电荷及光电效应获 1923 年诺贝尔物理学奖。

稀　释

你如果紧紧地抱住一种理论，
长久抱着它，它就被奉为教义：
比如说我们可以丢弃掉肉身，
使心灵彻底自由与躯壳脱离。
这样当胳膊与腿都衰退萎缩，
人类的器官唯独只留下大脑，
我们就能与海草在海滩上躺着，
每天随潮起潮落洗着海水澡。
我们曾像一团团水母躺在那里，
在进化过程中的另一个极端。
如今我们躺着脑浆里充满梦幻，
这退化的生物只有一个希冀：
啊，但愿潮水能快一点涨高，
以免我们的抽象诗歌愈益枯燥。

爆炸的狂喜

我去找大夫向他诉苦抱怨,
说在过去谁若想简便地谋生,
可以去务农去把农场经营,
但如今像各行业一样,种田
也要科学,把科学往脑里灌;
每天要学的东西层出不穷,
务农竟成了一门严肃的学问,
它给我的压力我无法承担。
大夫回答我说:"得啦,得啦,
岂止你抱怨,还有每个国家。
它们欣喜若狂,如痴如梦,
但终将到极度会把人压垮,
在爆炸中释放。 你将会看到。
炸弹就是这样终于被引爆。

暂停的干旱

预言家停止叫喊灾难将到来。
有什么事情正在屋外发生。
开始下雨了虽只细雨纷纷,
却对他干旱的理论带来伤害,
也打乱了所有相关的惯例。
欢呼声将镌有箴言的墙摇撼。
你可能记得,正如莎翁所言,
他说,演说家可以所向披靡。
但在心里他丝毫没有动摇,
一场小雨岂能把干旱治疗。
这是沙漠的干旱。 地球很快将
荒芜,不能居住,就像月亮。
若地球原就如此又当如何?
谁建议他们来这星球生活?

林中空地

1962 年

离　去

我现在出去散步，
前往一片荒漠，
我的鞋袜不伤脚，
对我都很适合。

我把我的好友们
留在这个城里，
让他们尽情喝酒，
然后躺下睡去。

别以为我这样离去，
走向茫茫黑暗，
就像亚当和夏娃
齐被驱出伊甸园。

忘记这个神话吧。
我这次离开外出，
无人与我结伴，
我也不是被驱逐。

如果我没有记错,
只是有一首歌曲
我对它必须服从:
"我要从此离去!"

也许我还会回来,
倘若我不太满意,
回来告诉人们
我死后学到的东西。

永远关闭

我感谢他们,那些曾经
从这路上走过的行人,
正因为他们来往的身影,
才使这条路能够延存。
今天我更加心怀感激,
因为他们都已经离去。

他们不会再骑马回来,
或驾着马车飞快地驰过,
嫌我慢将我呵斥责怪,
把我吓得直往路边躲。
他们已找到别的风景,
用别的工具仍行色匆匆。

他们把这路留给了我,
独自在路上走默默无言,
有话也许只对树木说,
但并不出声只在心里面,
"正因你们站在这路旁,
给它披上绿叶的衣装。

"很快阳光将愈益稀少，
呈现一片雪白的景色，
严寒的日子将要来到，
道路的衣装仍十分单薄，
在一层茸茸的雪花下面，
落叶的形状依稀可见。"

接着便到了真正的冬天，
连我也从此不再出行，
不再把足迹印在你上面，
而只有小兽出没的形影，
比如田鼠，比如狐狸，
将会代表我在那里来去。

永不逃避

他不是逃亡者——被追逐,在逃避。
没人见过他回头张望步履蹒跚。
他的恐惧不来自他身后而在他身旁,
来自他两旁,使他的途程或许
将因此弯曲,而其实仍笔直成行。
他向前奔跑着。 他是个追求者。
他追求着追求者,而后者又
追求着另一个消失在远方的追求者。
追求他的人都能看出他是追求者。
他的毕生就是对追求的追求。
正是未来创造着他的现在。
所有的一切是无尽的渴望的长链。

为肯尼迪总统就职典礼而作①

彻底奉献之"彻底奉献"(附诗体美国史略)

召集艺术家们也来光临
如此庄严的国家典庆,
他们为此似应感庆幸。
今天于我是特殊的日子。
他赞美诗,以古老的方式,
他是想起这样做的第一人。
我以这首诗来表答谢之情,
它将从结果的开端说起,
追溯数世纪潮流的肇始;
近代历史的一个转折点。
这片土地一直是个殖民地,
直到一件大事成为契机②;
看哪个国家将做统治者,
以它的语言和民族品格,
主宰哥伦布发现的新大陆。
法兰西、西班牙、荷兰遭驱逐。

---

① 1961年1月20日,弗罗斯特应邀在肯尼迪总统就职典礼上朗诵自己的诗,他特地为此写了这首诗。
② 一件大事,指1776年7月4日在费城召开的北美第二次大陆会议,在会上通过了美国《独立宣言》。

英勇的事业赢来丰功伟绩。
伊丽莎白和英国终获胜利。
一种时代新秩序从此来临,
它在古圣贤的拉丁文中
(它不是已写在每张美元上,
装在钱包或兜里在我们身上?)
也曾经受到上帝的赞许。
那些英雄们深悟此理——
我指的是这四伟人:华盛顿
亚当斯、杰弗逊、麦迪逊——
他们明察秋毫如圣贤先知。
他们已预见今日的现状:
周围的帝国将纷纷衰亡;
并以独立宣言作为范本,
要使每个人做国之根本。
而这并非是贵族的嬉闹,
拿卑微的百姓们开玩笑。
我们见各民族争先恐后
奋力将主权和体制追求。
我们把他们看作监护人——
在某种程度上,暂时的,如人们
同意,教他们把民主兑现。
我们不是说"时代新秩序?"
如果眼下尚看似无秩序,
这纷乱恰是由我们引起,
我们应勇敢地把责任担起。

若一个领导者假装不喜欢
他曾经战胜过的那种纷乱,
又岂能受到正直人的称赞。
谁不敬那一对兄弟的荣誉①,
他们为美国发明了飞机,
翱翔在旋流和飓风里。
有些傻瓜说什么荣誉
在生活和艺术中已经过时。
我们革命和叛逆的冒险
以获取自由为自己证明,
以代代光荣相传至今天。
一次新的选举刚刚结束了,
一次最伟大的人民的投票,
设定的目标必然会达到,
难怪我们的情绪这样高。
空气中弥漫着勇敢的精神,
强似那僵持的死气沉沉。
史书上有多少传略和故事
讲述政治家的雄心壮志,
敢与错误的追随者分道扬镳,
独立于群氓,为美好的目标,
为一个神圣的民主制度,
为崇高的设计治理国务。
要呼吁让在谋生、学习和怀抱

---

① 一对兄弟,指莱特兄弟,见《莱特的双翼飞机》一诗的注释。

希望的人活得更坚定、更自豪。
别对比赛场地滥加指责,
更多关注体育强健体魄。
我们已看到了一切预兆,
新的奥古斯都时期将要来到①,
它的统治来自力量与荣光,
年轻的雄心要施展锋芒,
对自由的信仰绝不灰心,
让各民族博弈自取其径。
一个诗歌与力量的黄金时代
从今天午后已开始到来。

---

① 奥古斯都,Augustan,古罗马帝国的文学全盛时期。

从来没有虚无

从来没有虚无，
从来就有思想。
一旦它被注意，
它就发生爆炸，
由此有了重量。
进入一种状态，
它被叫作原子。
物质因此开始——
它是一个整体，
却又相互分离，
组合而又对立。
此时万物潜藏，
它们正在等待
出头来到世上，
打从氢气算起，
直到人类落地。
它是一整棵树，
永远是一棵树，
有枝有干有根，
结构精巧绝伦。
但这其中精妙

如此细致微小,
令人视而不见,
难把伪装看穿,
反把参天巨树①,
当作缥缈虚无。
自打开始进来,
从而有了存在!
故在虚无之中,
捕获大千景象,
完全是靠思想。

---

① 参天巨树,原文为 Ygdrasil,北欧神话中连结着天、地、冥界的巨树。

结 局

房子里灯光耀眼大声吵闹,
让我们路过时感到困惑。
啊,曾有过最初的夜晚,
但今晚却是最后一个。

他对她说过无数的话,
或真心实意或有虚假,
但从未说过她不再年轻,
说他从来没有爱过她。

啊,有人失去了一部分,
就会把一切统统抛弃。
有人信口胡言什么都说,
有人说的却是当真的。

希望受到威胁

正是这样的季节,
恰在两者之间:
那些光秃的果树
将成绿色的果园,

但当果树枝头上,
鲜花将含苞待放,
将见花色如锦,
我们却最感惊惶。

因为在任何地方,
在这季节这时光,
别的什么都不怕,
只怕夜有霜降。

疑问的面孔

一只冬天的鹰斜飞下来,险把窗
撞碎,它自己也差点身亡。
突然间,它把紧绷的翅膀打开,
借艳红的夕阳涂上一层色彩,
向在玻璃窗里的几个孩子们
展示出它身上的绒毛和羽根。

被踩者的抗议

在一行田垄尽头,
我踩上一把锄头,
它正闲置在地头。
它随即大怒而起,
照我的脑袋瓜上,
给我重重的一击。
这也不能责怪它,
但我却骂开了它。
它给我这一打击,
使我实难以释怀,
像对我蓄意伤害。
你可能说我愚蠢,
但不是有个规矩,
应把伤人的武器
化作和平的工具?
但我们看到什么?
我踩上一件工具
立刻变成了武器。

赋于获得巨大成功前夜而感沮丧之时

我曾有一头母牛从月亮跳过去,
不是跳上月亮,而是跳过去。
我不明白它怎么会变得这样傻,
它吃的饲料可一直是苜蓿。

那是在鹅做我教母的年代里,
尽管如今我们比鹅还更傻,
大家都用矿泉水把肚子灌饱,
但与我的牛相比还是不如它。

又 及

但如果我也想到月亮上去,
赶上我的牛抓住它尾巴,
它定将发出哞哞的叫声,
把脚伸进去将奶桶踩踏;

再没有比这更大的侮辱。
一次有头牛也这样哞哞叫,
挤奶人边从奶桶旁站起,
边骂它,"我让你再这么叫。"

他手边没草耙可用来揍它,
也拿不到尖叉可以刺它,
便跳到它毛茸茸的脊背上,
咬了它一口用自己的牙。

它无疑宁肯挨一顿揍。
它顿时发出一阵怒吼,
这吼声连纽约也能听见,
成头版新闻不胫而走。

他回答它说,"是谁开的头?"
战争结束时我们也这样说——
打到最后不再问输赢,
或相互开战究竟为什么。

某种科幻小说

看来用不了多少时间，
我这种状态会被发现：
我做事老是慢慢腾腾，
赶不上人类快速的行程。

有人可能会表示嫌弃，
我走在后面慢条斯理，
嫌我过日子像是散步，
还谈论哲学嘀嘀咕咕。

虽现在见我漫步逍遥，
他们只是对我笑笑，
尚且容忍只轻加指责
说我像辆破旧的车。

但我知道他们的本性：
随着核时代步步走近，
他们愈加痴迷坚信
现代科学就是福音。

看我这样信步闲逛，
速度慢于声音慢于光，
他们将会不可忍耐，
会把我当异教徒对待。

他们终将把我流放，
把我放在一个劳改场，
那刑场在月亮上面，
他们打算很快修建。

带着一罐压缩空气，
我可以随便溜来溜去，
或我同意受其派遣，
去做一项高尚的试验。

因他们需先派个流浪汉，
到那蛮荒之地试试看，
要在那里建立国家，
还需等待多少时间。

当选佛蒙特诗人有感

世间岂会有这样的歌者,
当发现他的国家与邻人
能赞许和理解他的诗歌,
而不因此深深地感动?

我们徒然搏斗……

我们徒然搏斗,盲目轻信
我们珍爱的一切
终将能走出痛苦的深渊,
然后完全陨灭。

要接受……

要接受校内校外的所有教育,
才能达到我这样的愚不可及。

冬日里我独自……

冬日里我独自在林中
向着树木走去。
我选中了一棵枫树
将它砍倒在地。

四点钟我扛着斧头,
而当黄昏来临,
在那夕照的雪地上,
我留下一道阴影。

我看到一棵树倒下了,
但大自然并未失败,
我虽已退却,但为了
下次砍伐我还会再来。

译后记

美国家喻户晓的诗人

美国的历史不长,其文学史自然也不长。17世纪才有较像样的文学作品;但从19世纪中叶却异军突起,出现了不少大作家。尤其是美国诗坛,涌现出一批风格各异的优秀诗人。在他们之中,有一位在美国拥有读者最多、获得荣誉也最多的现代诗人,他就是罗伯特·弗罗斯特。

他4次获得普利策诗歌奖,死后又被追赠波林根诗歌奖。

他被哈佛等44所大学聘为教授或客座诗人;应邀到全国各地朗诵他的诗作。

在他75岁、85岁生日时,美国参议院两次通过决议向他祝寿;他被授予美国"民族诗人"(national poet)的称号。

1961年他应邀出席约翰·肯尼迪总统的就职典礼,在仪式上朗诵他的诗作《彻底的奉献》,给一位诗人如此隆重的待遇,在美国是前所未有的事。

他被认为是美国没有桂冠的桂冠诗人。他的诗歌集几乎是美国家庭的必备藏书。

他可谓生享殊誉,死备哀荣,美国诗人中几乎无人能与之媲美。

然而在40岁之前，弗罗斯特还是个默默无闻的人。他走过了怎样的人生经历，是如何登上他的诗歌巅峰的呢？

1874年3月26日，弗罗斯特出生于美国旧金山市，父亲是一名新闻记者。他11岁时父亲去世，全家返回祖籍新英格兰祖父家。他祖父想培养他做律师，送他到新布罕什尔州一学院学习，但他讨厌学院的刻板生活，念了不到一学期就自动退学了。他母亲是苏格兰人，性格朴实无华，虔诚信奉宗教，对他的成长有深刻影响。他在退学之后，曾当过教员、记者和纺纱工人。1895年他和埃利诺·怀特结婚。1897年他考入哈佛大学学习，但两年后因病辍学。在此后的12年里，他边教书边经营祖父留给他的农场，勉强维持一家生计。

弗罗斯特自小爱好诗歌，在中学时代已显露诗才。1894年他在《独立》（*Independent*）杂志上发表第一首诗《我的蝴蝶》，然未引人注意。但他仍写诗不辍。他每天去田野里散步，观赏大自然，采集奇花异草，同时构思诗章，回家后写诗到深夜；到了半夜里又去挤牛奶。

由于他不善经营，农场屡遭亏损，他在1912年索性卖掉农场，举家迁往英国，在伦敦一门心思地写诗，与当地诗人和评论家们交往。1913年他的第一部诗集《少年的意志》出版，这时他已39岁了。诗集受到著名诗人庞德（Ezra Pound）的赞扬。1914年他出版第二部诗集《波士顿以北》，获得英国报刊好评，从此声誉鹊起，并引起了美国出版界的重视。1915年他重返美国，在新罕布什尔州购置了一个小农庄，此时他已是誉满全国的诗人了。他夏天在乡间干农活儿，其余时间出外教书，并有新的诗集相继问世。1938年丧偶之后，他一直住在波士顿一位朋友家里。1963年1月29日他在友人家中逝世。

除了前面提到的两部诗集外，弗罗斯特另写有7部诗集：《山间空地》《新罕布什尔》《西流溪》《更远的领域》《见证树》《绒毛绣线菊》《林中空地》；及两部诗剧：《理智的假面》《仁慈的假面》。弗罗斯特的诗作丰富了美国的诗歌传统，任何一本美国文学史都会提到他，任何一本美国诗选都会选用他的诗，美国人都从学校里就开始读他的诗，他是美国家喻户晓的诗人。他的诗作也有广泛的世界影响，包括在我国诗歌界和读者中。他的诗《未选择的路》《雪夜林边逗留》等被选入我国中学语文课本，就是鲜明的例证。

弗诗的特色和魅力

弗罗斯特生活在美国工业化时代，当时的美国诗人大多写城市，而他却特立独行，写的是乡村题材的诗。他是20世纪的美国田园诗人，新英格兰农民诗人。

他描写波士顿以北的山川地貌，风土人情；家乡的静林幽谷，农场的艰辛耕耘。无论是大自然的美丽神奇，或乡间平凡的日常生活，都能在他的笔下化为动人的诗章。鸫鸟在林中歌唱，雄鹰在高空盘旋，新熟的苹果散发幽香，晚秋的草地露水晶莹……这一幅幅自然美景，给生活在工业化乌烟瘴气中的人们，带来了一股清新的令人神往的气息。

读弗罗斯特的诗，会使人联想到英国诗人华兹华斯的湖畔诗。事实上，弗罗斯特确曾大量读过华兹华斯的诗，并在创作上受其影响。但是弗的田园诗却又与华的湖畔诗显然不同。华是以一个隐士身份描写田园的，他自己并不从事任何劳作；而弗却是胼手胝足亲自参加田间劳动的。故华的诗中极少有写劳动的诗；他写过《孤独的收割女》，但他在诗中只是旁观者。而弗却有许多描写乡间耕作的诗，那是他挥洒汗水的切身感受，譬如：

林边一片寂静，只有一个声音，
那是我的长镰刀与大地在低语。(《割草》)

我的脚弓不住地疼，
还承受着梯子横档的压力。
当树枝被压弯时我感到梯子在摇晃。(《摘苹果之后》)

在英国湖畔诗人（或西方其他田园诗人）的作品里，是难得读到如此细致描绘田间劳动的优美诗句的。它们与陶渊明的田园诗倒有几分相似。

种豆南山下，草盛豆苗稀。
晨兴理荒秽，带月荷锄归。(《归园田居》)

陶渊明辞官归隐后，躬耕桑梓，对劳动亦有深切体会。苏轼评陶诗说："非古之耦耕植杖者不能道此语。"此话也适用于弗诗。弗倘能读到《归园田居》，或当引陶为同调之人吧？当然他们遥隔千年，文化背景不同，弗罗斯特并非西方的陶渊明。他在其诗中寄托的是美国现代人的理想与情怀。

弗诗的另一个特色是富于哲理性。他的许多田园诗，无论是写自然景色，或写农耕劳动，都因蕴含哲理而更耐人寻味。如《割草》一诗，诗人在描写劳动的过程中，以割草人的口气写道："真实是劳动熟知的最甜蜜的梦。"遂使诗意升华到哲理的高度。日常的生活景象，在诗人笔下也能点石成金，成为寓有哲理的诗篇。《雪夜林边逗留》是弗诗的经典之作，诗中写诗人在雪夜赶路，看到林中迷人的景色，不胜留恋，但他不能多事逗留，因为尽管"这树林多么可爱、幽深，/但我必须履行我的诺言，/睡觉前还有许多路要走啊，/睡觉前还有许多路要赶。"对这首诗有多种解读。有人分析寂静的雪林象征美与永恒，诗人虽被其吸引，但仍需完成世俗的责任，他在二者之间徘徊不定，而终于还是生活的责任感在他心中战胜了。

弗罗斯特写的哲理诗数量多，题材十分广泛，有表达人生体验的（如《未选择的路》等），预示人类命运的（如《火与冰》等），窥测自然玄秘的（如《设计》等），探讨宗教伦理的（如《理智的假面》《仁慈的假面》等）。当时的美国诗人多在诗中抒发悲观颓唐的人生哲学；弗罗斯特也难免这世纪忧郁症，在诗里表现出某种惶惑与迷茫，但他的诗歌基调是积极的乐观的。在他晚年写的《离去》一诗中，仍满含他对人生的热爱与眷恋：

别以为我这样离去，
走向茫茫黑暗，

就像亚当和夏娃
齐被赶出伊甸园。

……

也许我还会归来，
倘若我不太满意，
回来告诉人们，
我死后学到的东西。

除了田园诗、哲理诗外，弗罗斯特也写了不少反映社会现实的诗，在诗中揭露底层人民的痛苦生活与社会不公。《雇工之死》《一个孤独的罢工者》《泥泞季节中的两个流浪汉》《熄了，熄了——》等是这类诗的代表作。但弗罗斯特写这些诗，用的是平静客观的笔调，没有表现出强烈的愤懑，故有评论家认为这是"淡漠的耸耸肩"（stoic shrug），是"玩世不恭"（cynicism）。但我却以为，这些诗表现的是诗人的悲天悯人之心，是他对人类苦难所感到的无奈。弗罗斯特也希望社会改革，但他不主张激烈的革命，他是个折中主义者，他有一首诗就叫《半个革命》（*A Semi - Revolution*），他还说他只"和世界有一个情人的争吵"（a lover's quarrel with the world）。我们可以把这看作是他的诗歌创作的一个主导思想。

以上是对弗罗斯特诗歌内容和题材的概述；下面来谈谈他的诗歌的艺术特点。在弗罗斯特创作的年代里，现代派诗歌在美国风起云涌，许多诗人努力在形式上做新的试验。而弗罗斯特却不为这大潮所动,他写诗仍多用旧诗歌形式,但诗中表现的却是现代美国人的心理。所以很难界定他是哪个流派的诗人。他似乎是站在传统与现代两派诗歌交点上的一位诗人。在这方面他与英国诗人哈代有点相似。这两人都不标榜自己是现代派,但都含有某种现代派元素。故我们读英国现代诗常见以哈代打头;而读美国现代诗则见以弗洛斯特开篇。

弗诗最显著的特色是朴实自然,毫无刻意雕琢的痕迹。你读着那些浅白平淡的诗句,仿佛在听诗人的冬夜炉边夜话,又像在听一个穿蓝工装裤的人的闲谈。但在这貌似平淡无奇中,却有浑厚悠长的韵味,有匠心独运的妙处。前人评陶渊明诗说:"陶诗淡,不是无绳削。但绳削到自然处,故见其淡之妙,不见其削之迹。"(明王圻《稗史》)。弗诗的淡之妙与陶诗异曲同工。弗诗不唱高调,不慷慨激昂;相反的他常故意降低调子(understatement)。《彻底的奉献》一诗是典型的例子。这首诗是诗人献给祖国的赞歌,但它不但没有华丽的辞藻或响亮的口号,而且有意放低声调说,这个国家其实没什么了不起,说她:

仍然平淡无奇,朴实无华,
就如她过去和她将来那样。

然而就是这样一个国家,美国人民曾经并将继续为她做出彻底的奉献。最朴实的感情最感人至深。我们或可从弗罗斯特诗中得到些许启迪吧。

弗诗的另一特点是蕴藉含蓄。诗人不把话说满，留下空白让读者去想象。他说："我总是只把话说到那更多的东西的边缘。"（I'm always saying something that's just the edge of something more.）这似与中国绘画的留白相仿佛。譬如《既不远也不深》一诗，写人们总是眺望海洋，但他们为何要眺望？他们能望见什么呢？诗人最后说：

他们既不能看得很远，
他们也不能看得很深。
但何时曾将他们阻拦
向着大海看个不停？

诗人把问题留给读者，让读者去思考揣摩，可做各自的诠释。故弗诗的含蓄也增加了诗的开放性和多义性。

然而，弗诗却又十分注重细节描写，善于用细节营造诗境。譬如在《雪后》中描写暴雪乍停的景象，有这样的诗句："飞舞的雪花在停顿的刹那/好似寒霜凝结于薄纱，/被灿烂的阳光照透。"诗人的观察多么细腻，描绘的景色多么绮丽。再如在《疑问的面孔》中，诗人描写苍鹰在夕阳中翱翔："突然间，它把紧绷的翅膀打开，/借艳红的夕阳涂上一层色彩，/向在玻璃窗里的几个孩子们/展示出它身上的绒毛和羽根。"诗人独具慧眼，竟看到了苍鹰在夕阳中展示的绒毛和羽根，并将它写成美妙的诗句。再举一个写人的细节为例。《熄了，熄了——》写一个童工的悲惨故事，他在快要收工的时候，突然被电锯把一只手割断，因流血过多死去了。当描写他手被电锯割断时，诗中写道：

> 男孩的第一声喊叫是一声苦笑，
> 当他举起手转身面向他们，
> 半像是呼吁，半像是为了不让
> 生命流走。

这一细节描写是多么真实生动，具有多么震撼人心的力量。

弗罗斯特既写抒情诗，也写叙事诗。他的叙事诗多采用独白诗和对白诗的形式。戏剧独白诗（dramatic monologue）是英国诗人丁尼生和勃朗宁创用的一种诗体，便于刻画人物心理和增强戏剧效果。上世纪三四十年代，我国也有诗人（如闻一多、徐志摩、卞之琳）写类似这一诗体的诗，显然是受这两位英国诗人的影响。弗罗斯特写独白诗（及对白诗），同样也是受他们的影响。

但弗的独白诗和对白诗风格不同，它们更加散文化口语化，是用纯粹的口语写成的。这可以说是弗对这种诗体的发展，也是他所做的诗歌创新和贡献。然而当你初读这些诗时，你可能会觉得不大适应：像这样的大白话也能叫作诗吗？可当你细细品读后又不能不承认它们确是诗，而且是面目全新的诗。什么是诗？从来没有（也不可能有）一个准确的定义。我们常说"诗无达诂"；读了弗诗后更会觉得"诗无定规"。

弗用口语写诗，他说口语中含有诗的节奏，他把它称之为"口语节奏"（colloquial rhythm）。因此他的许多诗读起来琅琅上口。他在美国各地朗诵诗作受到欢迎，这是一个重要原因。当然，弗诗贴近生活贴近自然，扎根于他家乡的泥土中，诗风平易近人，幽默机智，雅俗共赏，更是他诗歌魅力之所在。

若论在美国诗歌史上的地位，弗罗斯特或不能与惠特曼、艾略特比肩，尚未达到他们的高度与深度。但他写过不少堪称完美的好诗，这些诗经过时间的考验，已成为美国诗歌经典的一部分，也是世界诗歌的宝贵遗产。

我译弗诗

上世纪80年代初，我在接待一批美国外宾时，他们知道我是诗人，问我有没有读过弗罗斯特的诗，我说"I never heard of him."（我没听说过他）。他们表示很惊讶，说他是美国最受喜爱（most popular）的诗人；他们回国后将寄一本他的诗集给我。

我当时不知道弗罗斯特不奇怪，因那是在改革开放之初。后来外宾果然给我寄来了弗罗斯特诗集。我读了很感兴趣，遂选译了十来首，刊登在《诗刊》和《外国诗》杂志上。之后有许多外国诗选曾采用过它们。老诗人蔡其矫告诉我他很喜欢弗罗斯特的诗，希望我能多译点出个集子。我也曾有此打算，但后因忙于自己写作，未能将这心愿付诸实施。

去年8月间，华东师大王改娣教授以"翻译大家"为题，来我家中作录像采访。在对谈中她问我现计划做什么，我说想写一本小说，也想译弗罗斯特，为此正犹豫不决。她当即建议我先译弗罗斯特,希望能早日看到我译的弗罗斯特诗选。我采纳了她的建议,随即动工干了起来。后屠岸先生知道我在译弗罗斯特,也曾来信给予鼓励说:"这是极好的事。"

现在我终于实现了我的夙愿:翻译了一本弗罗斯特诗选。我选译的大都是被公认的弗诗代表作,是美国出版的各种弗诗选常选的诗;当然其中也含有我个人的偏爱。

译诗讲究形神兼备;我也尽力恪守这一原则。弗罗斯特的诗多用英美诗歌传统形式:两行体,四行体,十四行体,无韵体(素体诗,blank verse)。我的译诗基本照用原诗形式,只在用韵上偶有变动。无韵体诗虽然无韵,却是有格律的(有规定的音步)。弗罗斯特擅长写抑扬格五音步诗(iambic pentameter),每行诗有5个音步。我的译诗以5顿代替5音步,希望能以此传达出原诗的节奏感。弗罗斯特很少写自由体诗,他曾说:"写自由体诗就像是打没有球网的网球。"但他还是打了若干次这样的网球,我翻译时也就照用他的打法。

弗诗很难译,因弗诗看似朴实平淡,用词炼句却十分考究。无论写诗或译诗,要在平淡中见诗意,是个很高的境界。弗诗又很口语化,如翻译时把握不好,就可能将其译成口水诗了。弗罗斯特曾说:"诗歌是翻译后失去的东西。"而我则希望诗歌是翻译后留下的东西。至于我的这个弗罗斯特译本能留下多少原作的诗意,我期待着读者与方家的意见和赐教。

2016年3月2日